光文社文庫

腸詰小僧　曽根圭介短編集

曽根圭介

光　文　社

目次

腸詰小僧

前略。

同封したのは、当店のオリジナルソーセージです。

お客様には、たいへんご好評いただいてます。

ぜひお召し上がりください。

腸詰小僧《ちょうづめこぞう》

P.S. 取材歓迎です!

——これは、当時、君が、例のソーセージに添えてマスコミ四社に送った手紙だよね。

「ええ。そうです」

——どういうつもりだったのかな。

「たぶん、自慢したかったんだと思います。まだ子供でしたから」

——警察への挑戦とか、愉快犯とか騒がれたけど。

「そんなつもりはありませんでした。アレを試食した店の常連さんに、これならもう一人前の職人だ、なんておだてられて、有頂天《うちょうてん》になってたんです。きっと」

——君は、ずいぶん小さいころから、ご両親の手伝いをしていたそうだね。

「はい。小学校に上がる前からです」

——ソーセージ作りに興味があったの？　それとも、ご両親に言われて？

「自分の意思です。特に工場の仕事が好きで、ソーセージ作りの工程は、小学校三、四年のころには、ひととおり頭に入ってました」

——それでご両親が亡くなった後も、君一人でしばらくは店の営業を続けられたわけだ。

「はい。ちょうど学校は夏休みで、父が残した在庫もありましたから」

——君は家の仕事に興味があるのに、ご両親は生前、君に店を継がせる気はない、とおっしゃっていたそうだね。

「ええ。言ってました」

——その理由を訊《き》いた？

「はい。リッキーを、当時うちで飼っていた犬なんですけど、殺したからです」

——それはやはりソーセージにするために？

「はい」

——可哀そうだと思わなかったの？　ペットだよね。

「あのころは、ソーセージ作りにただ夢中で……。父のとは違う、自分だけのオリジナルな製品を作りたい。そのことしか頭になかったんです」

——君はそれほどソーセージ作りが好きなのに、ご両親は店を継がせてくれない。それが二人を手にかけた理由なのかな？

「まあ、そうです。あの二人がいる限り、いつまで経《た》っても自分の店にはならない。そう勝手に思いつめてしまって……。子供だったんです」

——ならば、被害者のNさんはどうなの？

「彼女に恨《うら》みとかはありません。父のソーセージが好きで、よく店に買いに来てくれました。すごく感じのいい方でした」

——じゃあ、どうして命を奪ったの？

「……」

——ソーセージを作る材料が欲しかった？

「まあ、そうです」

——たくさんいる常連さんの中から、Nさんを選んだ理由は何？

「彼女は若くて、ぽっちゃりした体形でしたから。ソーセージ作りに、脂肪は大切な要素なんです」

――ご両親の遺体は工場の冷蔵庫に寝かせてあったそうだけど、やはりご両親にNさんと同じことをするのは抵抗があったのかな？

「ていうか、父と母はもう歳だったし痩《や》せていましたから。どんなに腕のいい職人でも、ダメな肉からは美味《おい》しいソーセージは作れないんです」

――なら、ご両親の遺体をそのままにした理由は、ソーセージ向きではなかったから。ただそれだけ？

（Aは黙ってうなずいた）

1

その男が訪ねてきたのは、一週間ほど続いた猛暑がようやく一段落したころだった。入院している母を病院に見舞って自宅マンションに戻ると、男はドアの前に立っていた。俺《おれ》は不動産屋だと勘違いしてきびすを返そうとしたが、三ヵ月未払いだった家賃は、前日すでに振り込んでいたことを思い出した。

男は六十代の半ばといったところで、白い豊かな髪をオールバックにして、スーツにループタイをしめていた。身なりは清潔できちんとしていたが野暮《やぼ》ったく、少しくたびれている印象だった。

俺が用件を尋ねると、男は遠慮がちに訊き返してきた。「失礼ですが、西嶋《にしじま》さんでしょうか」

「そうですが」

来客の予定はなかったので、おおかたセールスか勧誘だろうと思い、俺はぶっきらぼうに答えた。

「私、楢崎《ならざき》と申します」

その名前を聞いて、俺は口調をあらためた。「楢崎さんというと、もしかして？」

「はい。麻美《あさみ》の、楢崎麻美の父親です。週刊誌の記事を拝見して、ぜひ西嶋さんとお話ししたいと思いまして、ご連絡も差し上げずに押しかけました。申し訳ありません」

楢崎麻美とは、九年前に起きた〝腸詰小僧事件〟の被害者だ。

俺はフリーライターをしている。先日、すでに社会復帰している腸詰小僧のインタビューに成功し、「週刊バーサス」最新号に記事を書いたばかりだった。

かなり時間が経ったとはいえ、その衝撃度の強さから腸詰小僧事件に対する世間の関心は高く、記事にはかなりの反響があった。犯人の更生の妨げになるようなことをするなという非難から、続報のリクエストまで様々だったが、楢崎のような当事者が接触してきたのはこれが初めてだった。

念のために身分証明書を見せてくれと頼むと、彼は財布から免許証を出した。〝楢崎昌《まさ》男《お》〟、とある。その名前は、記事を書く前に事件の資料を読み漁《あさ》った俺の記憶に残っていた。間違いない、被害者、楢崎麻美の父親だ。

「よくここが分かりましたね」

俺は特に責めるつもりはなかったが、そう言ったとたんに楢崎の目が泳ぎ始めた。

「週刊バーサス」編集部がおいそれと記者の住所を教えるはずがない。おそらく興信所でも使ったのだろう。独占インタビューは署名記事だったし、俺は方々で名刺をばら撒《ま》いている。プロなら住所を割り出すなど造作《ぞうさ》もなかったはずだ。案の定、楢崎は勝手に調べさせていただきましたと、恐縮し切った顔で白状した。

俺はそれ以上追及せず、「私の家は散らかってますので、どこか外でお話ししませんか」と提案した。

門前払いを覚悟していたのだろう。楢崎はぱっと表情を明るくし、「ハイ、私はどちらでも」と答えた。

俺たちは、マンションの向かいにあるファミレスに入った。ランチタイムをとうに過ぎた店内は、半分ほどしか席が埋まっていなかった。

「事前に連絡を差し上げたら、たぶん会っていただけないだろうと思いまして、失礼を承知で押しかけました。本当に申し訳ありません」

「気にしないでください。楢崎さんには、私の方こそ、お話をうかがいたかったくらいですから」

社交辞令ではなかった。俺の知る限り、楢崎はこれまで犯人が捕まった直後に短いコメントを出しただけで、一度もマスコミの取材には応じていない。

「こちらにはいつ？」

「今朝です」

被害者の楢崎麻美は事件当時、山梨県K市にある自宅で両親と暮らしていた。楢崎は現在も妻とその家に住んでおり、今日は朝いちばんの特急かいじで上京し、一件用事を済ませてから、埼玉県にある俺のマンションまでやってきたという。

「それで私にお話というのは？」

「大したことじゃないんです」楢崎はそこで少し口ごもってから、「西嶋さんは、あの子にお会いになったんでしょうか」と訊いた。

「犯人に、って意味ですか」

「ええ」

「もちろん。私が直接会った上で記事を書きました」

「そうですよね。失礼なことをお訊きしました。マスコミの世界には縁遠くて。もしかしたら取材する人と記事を書く人は別なんじゃないかと思ったものですから」

楢崎は腸詰小僧のことを〝あの子〟と呼んだ。満二十一歳になる現在の姿を知る俺にはいささか違和感があったが、彼の中では、愛娘《まなむすめ》の命を奪った憎き犯人は、まだ小学六年生のままなのだ。

「念のために申し上げておきますが、今現在、犯人がどこでどうしているか、というご質問にはお答えできませんよ」

「もちろん重々承知しております」楢崎は額に浮いた汗を拭《ぬぐ》った。「確か記事には、あの子は独り暮らしをしていると書いてありましたね」

「いちおう独りで生活はしていますが、支援者がすぐ近所に住んでいて、毎日のように会っているそうです」

腸詰小僧は、事件を起こしたとき十二歳だったため、家裁での審判に付された。そこで下された決定は、児童自立支援施設に入所させ、行動の自由を制限する強制的措置も認める、というものだった。その後、十九歳で施設を出た腸詰小僧は、満二十歳になるまで児童福祉法上の支援を受けた。現在はボランティアの支援者たちにサポートされながら、アルバイトをして自活している。

「いいですよね。たかだか七年施設に入っただけでもう普通の人と変わらぬ暮らしをしてる。おまけにそうやって皆さんに助けてもらえて。それに比べてうちの娘は……」楢崎はうつむくと、ハンカチを目に当てた。「すみません。こんな愚痴《ぐち》をあなたに言っても仕方がないんですけど、つい……」

「いいんですよ。むごたらしい少年犯罪が起きるたびに、たいていの人間は同じ割り切れなさを感じてます。まして楢崎さんは当事者なんですから」

「あの子は今、どんな感じですか？」

「ごく普通です。そこらにいる若者とまったく変わりません」

「肝心の中身はどうです？」

「中身、ですか……。少なくとも専門家は、もう大丈夫と太鼓判を押したようですけどね」

「西嶋さんのご感想はどうです？　率直なところをお聞かせください」

「難しいな。当時の報道によれば、感情表現が乏しいとのことでしたが、私はどちらかと言えば表情豊か、という印象を受けました」

「あの子とは、どれくらい話したんですか」

「二日間で、計五時間くらいですかね」

「五時間も。じゃあ、雑誌に載っていたことがすべてではないんですね」

「緊張をほぐすために、たわいのない世間話もしましたからね。ただ事件に関することは、すべて活字にしてあります」

「録音はされたんですか？」

もちろんです、と答えてから、俺はすぐに後悔した。

しかし時すでに遅く、楢崎は俺が危惧《きぐ》したことを口にした。「その録音を聞かせてもらうわけにはいきませんか」

「それは勘弁してください」

「全部とは言いません。一部だけでもいいんです」

「肝心なことは、すべて記事に書きましたから」

「声が聞きたいんですよ。あの子の肉声が」

「聞いてどうするんですか」

「現実として受け止めたいんです。あの日以来ずっと、私は夢の中で生きているようでした。刑事が突然やってきて麻美は死んだと言う。でも、対面させられたのは、あんな小さな肉の塊で遺骨もない。DNAがどうのこうのと言われても実感はわきません。犯人が捕まっても、少年法とやらを楯《たて》に詳しいことは何も教えてくれない。娘は本当にこの世にいないんだろうか。私には今でも現実とは思えないんですよ。だからあの子の口から直接聞きたいんです。実際に会えればいいんでしょうがそうもいかない。だからせめて声だけでも……」

「お気持ちは分かりますが、やめておいた方がいいですよ。犯行の経緯にも触れています。とても親御《おやご》さんが聞ける話ではありませんから」

だが楢崎は俺の手を握ると、「お願いします。誰にも言いませんから」と懇願した。

結局俺は、録音を聞かせることを承諾してしまった。楢崎に同情したことも事実だが、少なからず打算もあった。

俺は現在三十二歳で、この仕事を始めて七年になる。正直なところ、今回の記事を書くまでは、めぼしい実績もなく、知り合いの雑誌編集者の情けにすがってどうにか食いつないでいた。ライター稼業もそろそろ潮時かと思い始めていたとき、ちょっとした幸運から、社会復帰している腸詰小僧の居場所を知った。本人の独占インタビューを記事にできればキャリアの転機になる。そう確信した俺は、やや強引な手を使って腸詰小僧に接触し、まんまと話を聞くことに成功した。インタビュー記事のおかげで、「週刊バーサス」掲載号の販売部数は大きく伸びた。版元からは単行本化する話も持ち上がっている。アポなしでやってきた楢崎を追い返さなかったのは、これを機に関係を築いておいて、単行本化の際には取材に協力してもらおうという下心があったからだ。

俺は楢崎を仕事場でもある自宅マンションに連れていった。俺がインタビューの録音データから必要な部分を切り出す間、楢崎はリビングのソファに浅く腰かけ、じっと目を閉じていた。何を聞かされても取り乱さないように、心の準備をしているようにも見えた。

楢崎が独りにしてほしいと言うので、俺はICレコーダーの使い方を説明し隣の部屋に移った。録音は三十分ほどに編集してあった。待つ間、俺はやりかけの仕事を片づけてしまおうとパソコンに向かったが、まるで集中できなかった。聞き耳を立てると、楢崎のいる部屋からは、洟《はな》をすする音、「ああ」とか「うう」とか言葉にならないうめき声が聞こえてきた。

娘の死を現実として受け止めたいと彼は言った。しかし、自ら傷口に塩をもみ込んだだけではないのか。やはり断るべきだった。本人が望んだことにせよ、俺は自分がしたことを早くも後悔し始めていた。

長い三十分が過ぎ、頃合いを見て彼のいる部屋に戻ると、楢崎はすでにイヤホンを外していた。ソファに体を預けて虚空《こくう》を見つめる目は、泣き腫《は》らして真っ赤だった。

「どうです。お気持ちの整理はつきましたか」

と声をかけると、彼はそのとき初めて気づいたように俺を見た。「ずいぶん大人びた声なので、正直、面食らいました」

「九年ですからね」

楢崎はうなずいた。「もう小学生じゃないと、頭では分かっていたつもりなんですが」

テーブルの上にメモ帳が置いてあった。録音を聞きながら彼が書き取ったらしい。走り書きで判読しづらかったが、その中にいくつか円で囲われた〝嘘《うそ》〟という字が目に入った。

楢崎は俺の視線に気づくと、あわててメモ帳を上着の内ポケットにしまった。

外はすっかり暗くなり、窓ガラスに俺たちの姿が映り込んでいる。時刻は午後六時を回っていた。

「もしご迷惑でなければ、夕食でもご一緒にいかがですか」楢崎は言った。

仕事を理由に断ることもできたが、楢崎は腹の中にあるものを吐き出したがっている。今後のためにそれを聞いておいて損はないと思った。彼には申し訳ないが、半ば取材のつもりで俺は誘いを受けた。

秋めいた風が街路樹の枝を揺らしていた。俺たちは駅前の繁華街まで歩き、最初に声をかけてきた呼び込みの若者に導かれるまま、大手チェーンの和風居酒屋に入った。

楢崎は、このごろはすっかり弱くなったと言いながら、俺が一杯目の中ジョッキを飲み終える前に、芋焼酎を二杯干してしまった。腸詰小僧の肉声を聞き、かき乱された心をなだめるには、それ相応のアルコール量が必要だったのだろう。

「ああそうだ。忘れないうちに」楢崎はそう言うと、上着のポケットから白い封筒を出して俺の前に置いた。「これ、些少《さしょう》ですが。このたびは、無理を聞いていただいたので」

俺は封筒を彼の方に押し返した。「困ります。私はそんなつもりでお聞かせしたんじゃない」

「手間賃だと思って受け取ってください」彼は俺の腕をつかんで、手の上に封筒を載せた。「私はね。嬉しかったんですよ。今朝、故郷《クニ》を出たときから、こんな田舎ジジイが突然訪ねていって、有名な雑誌の記者さんが会ってくれるものだろうかとずっと不安だったんです。感謝してるんです。受け取ってもらわないと私の気持ちが治まらないんです」

楢崎は引っ込めそうもなかったので、俺は、じゃあ遠慮なくと言って、それをズボンのポケットに押し込んだ。彼は安心したようにうなずくと、美味《うま》そうに三杯目の芋焼酎を舐《な》めた。

「先ほどの録音ですけど、あの子が娘のことについて話したのは、あれで全部ですか」

「ええ、そうです」

「麻美は〝苦しまなかった〟と言ってましたよね」

「言ってますね」

本人の弁によれば、腸詰小僧は客として店に来た楢崎麻美を、ソーセージの製造工程を見せてやると言って工場に連れていき、いきなり後頭部をバットで殴《なぐ》って殺害した。最初の一撃で即死したという。だが警察が発見できた楢崎麻美の遺体は、マスコミに送られた分と店に残っていた分を合わせても二キロに満たず、実質的な検死や解剖は不可能だったため、正確な死因は不明のままだった。

「あの子は嘘をついてます」彼は断定口調で言った。

「具体的にどの部分ですか」

楢崎は三分の一ほど残っていた三杯目の芋焼酎をすべて胃の中に流し込んだ。そして通りかかった店員にお代わりを頼むと、俺の方に向き直り声を落とした。「私にはね、分かるんですよ」

「と言いますと?」

「あれは、麻美が小学校二年のときでした。急性盲腸炎になりましてね。家内も仕事をしていたから娘は家で独りでした。我慢強い子だったから誰にも助けを求めずにじっと痛みに耐えてた。私は当時外回りの営業をしてたんですが、客と商談をしていても何か胸の辺りが締め付けられるように苦しい。病気とかではなく、上手《うま》く言えないが、もやもやとした嫌な感じがするんです。そのうちに耳元で『パパッ』って声がしました。本当にはっきり聞こえたんです。もしやと思って家に電話してみたけど誰も出ない。どうしても気になって営業車を飛ばして帰ったんです。そしたら麻美が青い顔でのた打ち回ってた。それだけじゃありませんよ。娘が五年生のときには――」

親子の強い絆《きずな》を示したかったのだろう。楢崎は、オカルトじみた逸話を次々と披露《ひろう》した。俺はその手の話はまったく受け入れない質《たち》なのだが、嘘だと言うわけにもいかず、黙って耳を傾けていた。

「あのときも同じでしたよ」楢崎は言った。「麻美が行方不明になって以来ずっと、耳鳴りみたいに『パパ、パパ』って声が続いてたんです。きっと助けを求めてたんだ。麻美が苦しまなかったなんてぜったいに嘘です。本人の声を聞かせていただいてあらためて確信しました。あいつは嘘をついてる」

テーブルの上で握りしめた彼の拳《こぶし》は、小刻みに震えていた。

「本人は包み隠さず話したと言ってたんですがね」

「そんなはずない。西嶋さんは今でもあの子と連絡を取り合っているんですか」

「もちろん連絡先は知っています。でも記事が出た後に、当局の関係者から、どうやって居場所を突き止めたんだという問い合わせが編集部にありましてね。今ではすっかりガードが固くなって、連絡を取るのも難しいんですよ」

実際には、三日前にも腸詰小僧とメールを交換したばかりだった。だがそんなことを言えば、直接話したいから今すぐ電話してくれ、とでも言い出しかねない顔を楢崎はしていた。

「ということは、あの子はまだ、お上《かみ》に保護されているわけですか」

「いえ、法的な措置は終わってるんです。ただ、あれだけ世間を騒がせた事件だし、再犯でも起こされたら当局も世間からそうとうバッシングを食らう。それを恐れて完全に目を離すのはまだ当分先でしょう」

楢崎は思いつめた表情でしばらく黙り込んだ後、口を開いた。「どうにかして、あの子に会えないでしょうか」

俺は即座に首を振った。

「だったら西嶋さんが代わりに訊いていただけませんか」

「訊くって何をです？」

「本当のことです。麻美の最期《さいご》の様子です。苦しまなかったなんて嘘だ。娘は苦しんで苦しんだ末に殺されたんですよ」楢崎は突然拳を振り上げると、テーブルに叩《たた》きつけた。

「私は親として本当のことを知らなきゃいけないんだっ！」

店中の視線がわれわれに集まった。俺も驚いたが、当の楢崎がいちばん驚いているようだった。

彼は恥じ入るように体を縮こませ、頭を下げた。「すみません」

楢崎の豹変《ひょうへん》はアルコールのせいばかりではないようだった。もしかしたら、心の平衡《へいこう》を失っているのかもしれない。ふとそんな疑念がわいた。

「そろそろお開きにしませんか」

楢崎は真《ま》っ直《す》ぐにこちらを見た。「先ほどの件、お願いできませんか」

いずれにしろ俺は、近々《ちかぢか》腸詰小僧に再インタビューするつもりでいた。尋ねることはやぶさかではないが、一度要望を聞き入れると、次は、もっと詳しく訊いてくれ、果ては直接会わせろと、要求をエスカレートさせる懸念もある。

「頼めるのは西嶋さんしかいないんです。もちろんお礼はしますから」

「そういうことじゃないんです。申し上げたように当局の目が厳しくなってます。次もまた会えるという保証はないんですよ」

「簡単でないことは重々承知しています。そこを何とか。このとおりです」

楢崎はテーブルに額を擦《こす》りつけた。俺がどんなにやめてくれと言っても、彼はテーブルにへばりついて顔を上げようとしなかった。仕方なく俺は、お約束はできないが、できるだけのことはすると言って、その場を切り抜けた。

楢崎とは店の前で別れた。家に帰る道すがら、彼のよこした封筒を見ると、万札が十枚も入っていた。

2

秋晴れの土曜日だった。母が入院している病院に行くと、敏哉《としや》が妻の洋子《ようこ》と娘の美佳《みか》を連れて見舞いに来ていた。敏哉は俺の四歳年下の弟で埼玉県警の警察官をしている。母は弟の家族と同居しており、入院してからも義妹の洋子が毎日病室に来て、母の面倒を見てくれていた。俺は長男でありながら、母のことは弟夫婦に任せきりで、たまにこうして顔を出すだけだ。

敏哉は俺を見るなり、ちょっと話があると病室から連れ出した。弟の表情から、よい話ではないと察しがついた。まず脳裏に浮かんだのは母のことだ。母の肝臓は癌《がん》に冒され、余命半年から一年と医師に宣告されている。本人にはまだ告知していなかった。病状に急変があったか、もしくは本人に気づかれたか。次に思い浮かんだのは例の記事のことだ。

実は、俺に腸詰小僧の居場所を教えてくれたのは弟なのだ。半年ほど前に、彼が警察学校の同期と数人で酒を飲んだとき、その中の一人が、自分が勤務する署の管内に、腸詰小僧が暮らしていると話していたという。俺はそれを聞いたとき、正直、半信半疑だった。腸詰小僧の居所に関する噂《うわさ》は、九州から北海道までいくつかあり、篤志家《とくしか》の支援で海外留学をしているという説もあった。ただ敏哉によれば、ネタ元の同期は県警幹部の息子だというので、もしやと思い取材を始めてみると、大当たりだったのだ。警察は保秘については過剰なまでに神経質だ。もし情報を俺に漏《も》らしたことで敏哉がまずい立場に追い込まれたのなら、それは俺の責任でもある。

俺は敏哉とエレベーターで一階まで降り、待合室のベンチに並んで腰かけた。用件を訊くと、弟の口から出たのは意外な言葉だった。

「金、貸してくれないか」

「母さんの入院代、足りないのか」

「いや、そっちは心配しないでくれ」

「じゃあ何に使うんだよ?」

敏哉は答えなかった。言いにくいことらしい。

諸事大雑把な俺と違い、弟は堅実な性格で、子供のころから何か欲しいものがあってもじっと我慢してこつこつ小遣いを貯《た》めるタイプだった。おそらく二年前にマイホームを買うためにローンを組んだのが、弟の人生で初の借金だったはずだ。

「どうして金が要《い》るんだよ？」

敏哉は俺から視線を逸《そ》らしたまま、消え入りそうな声で言った。「子供ができた」

「まさか、洋子さん以外に？」

耳まで赤く染めて、敏哉はうなずいた。

弟が結婚したのは四年前だ。身持ちの悪い男なら、浮気の虫が鎌首《かまくび》をもたげてもおかしくはない頃合いだが、敏哉は昔からそっち方面でも堅い男だったので、にわかには信じられなかった。

「相手は？」

「兄さんの知らない娘《こ》だよ」

「そりゃそうかもしれないが、同僚の警官か」

「まさか」

敏哉は言を左右にしていたが、しつこく問い詰めると、相手は行きつけのダイニングバーの店員だと白状した。非番の日に、街で偶然その女に会い、一緒に食事して酒を飲んだという。

「言い訳にもならないけど、声をかけてきたのは向こうなんだ。ちょうど洋子が美佳を連れて帰省してて、独りで晩飯食うのも味気ないし、知らない相手じゃなかったからつい誘いに乗っちまった。二軒目に入ったカラオケボックスまでは記憶があるんだけど、朝、起きたら彼女の部屋だった」

「その一度きりか」

敏哉はうなずいた。

「お前の子に間違いないのかよ」

「検査したんだよ。その費用とか、他にも諸々《もろもろ》あって手持ちの自由になる金を使っちまったんだ。最悪、消費者金融って手もあるけど、カイシャの内部調査があったときに目をつけられるから、できれば避けたい」

弟一家の財布の紐《ひも》はすべて洋子が握っていた。経理の仕事に精通する彼女は、子育てと義母の看病をこなしながら知人の会社で事務のアルバイトをして家計を支えている。そんなしっかり者の妻に敏哉はまったく頭が上がらず、小遣いが少ないと始終ぼやいていた。

「当然、堕《お》ろすんだろ。どれくらい必要なんだ」

「処置は二十万くらいで済むらしいけど、それだけってわけにもいかないから、五十万くらい貸してもらえれば助かる」

もし手切れ金込みで五十万円と見積もっているなら、少々考えが甘い気もしたが、いずれにせよ俺にポンと出せる額ではなかった。母や弟夫婦には内緒だが、ライターの仕事のない月は知り合いの経営するカレー屋で皿洗いをして、家賃や光熱費を賄《まかな》っている始末なのだ。

そのとき、楢崎からもらった封筒に思いが至った。まだあの金には手をつけていない。

「とりあえず十万ならすぐ用意できるよ」

敏哉は拝むようなしぐさをし、助かると言った。だが相変わらず表情は晴れなかった。

ここは兄として一肌脱いでやりたいところだが、如何《いかん》せん、ない袖は振れない。

俺は敏哉に大きな借りがある。父を早くに亡くしたので、俺たち兄弟は母の女手一つで育てられた。ただでさえ苦しい生活の中で、母は家計を切り詰め、仕事を二つ、時には三つもかけもちして息子二人が大学を出るまでの資金を貯金してくれていた。そうまでして行かせてもらった大学で、俺は悪い友人にそそのかされてギャンブルにのめり込み、多額の借金を作った上に母の蓄えにも手をつけた。敏哉はそのあおりを食って大学進学をあきらめ警察官の道に進んだのだ。三十歳を過ぎた今、俺がこうして不安定な暮らしをしていられるのも、敏哉がしっかりしてくれているおかげだ。弟は所帯を持ち、家を建て、母を引き取った上に孫も抱かせてやった。今は癌に冒されているとはいえ、苦労の多かった母の人生で、この二年間はもっとも安らいだ日々だったはずだ。

敏哉は深いため息をついた。「うかつだったよ」

「少し時間をくれ。金のことは心配するな。俺が何とかするよ」

俺はそう言って弟の肩を叩いた。

家に帰ると、留守番電話のランプが点滅していた。楢崎の声で、「また、ご連絡します」というメッセージが残されていた。あの日以来、彼は三日にあげず電話をかけてくる。言うことはいつも同じで、「例の件はどうなりました？」。まだ賜詰小僧とは会っていないと答えると、失望したのか不満の表明なのか、決まって数秒の沈黙が返ってくる。

俺は楢崎の名刺を見ながら受話器を取った。彼は俺からだと分かると、間髪《かんはつ》を容《い》れずに、あの子に会えたんですか、と訊いてきた。

「ちょっと面倒なことになってます」

「やっぱり、連絡が取れなくなったんですか」

「明らかに当局のガードは固くなっていますが。私は前回のインタビューで個人的に信頼関係を築いてますので、どうにか遣《や》り取りはできるんです。ただ……」

俺が口ごもると、彼は急《せ》かすように訊いた。「ただ、何です？」

「インタビュー料、つまり謝礼を求められました」

「あの子にですか？」

「ええ」

楢崎は押し黙った。受話器を通して聞こえてくる息遣《づか》いから、気分を害しているのが分かった。むろん俺に対してではない。

ややあって、「謝礼とは、いかほどでしょうか？」

「五十万欲しいと言ってます。編集部が出すことも可能ですが、そうなると記事にするという前提で話を聞かねばなりません。本音を引き出すのは難しいと思います」

「そういうことでしたら、私に出させてください」

と楢崎は即座に言い、送金方法を尋ねた。


楢崎からの現金書留が届くと、俺はさっそく敏哉に連絡を取り、翌日の昼前、彼の自宅近くの喫茶店で待ち合わせた。敏哉の顔は血色が悪く目の下にはくっきりと隈《くま》が浮いていた。夜勤明けで一睡もしていないからだと彼は言ったが、それだけが理由ではなさそうだ。金の入った封筒を渡しても、「助かる」と、おざなりに言っただけで、俺が期待していたほどの反応はなかった。

「まさか洋子さんにバレたんじゃないだろうな」

「それはない」

「何かトラブってるなら言ってみろよ」

「彼女、堕ろしたくないって」

「産んでどうするんだ。お前が結婚してるの知ってんだろ」

敏哉はうなずいた。

「どうせ金目当てだ。できるだけふんだくってやろうって魂胆《こんたん》だよ」

「でも、そういうふうでもないんだよな。あいつ、ちょっとおかしいんだよ。妙に積極的というか……」

「お前、本音では喜んでんじゃないだろうな」

「バカ言うな。そういう意味じゃないよ。お前のことは好きじゃない、愛情はいっさいないと、俺がいくら言っても、彼女、聞く耳を持たないんだ」

「ストーカーかよ？」

俺は、半ば冗談のつもりだったが、まんざら的外れでもないのか、敏哉は思案顔で首をかしげている。

「よし。俺が話をつけてやる。お前じゃ埒《らち》が明かん」

「どうして兄さんが」

と言いながら、内心期待していることは、弱々しい声音《こわね》から伝わってくる。

生真面目《きまじめ》な弟の目には、俺は世間擦《ず》れした、言い換えれば、こういうときにこそ頼りになる兄貴、と映っているはずで、悪い気はしなかった。

「とりあえず、その女と会う段取りつけろよ」

三日後の夜、俺は栗林《くりばやし》若菜《わかな》と、ホテルにある日本料理屋で会った。むろん敏哉も同席したが、俺はあらかじめ弟に、いっさいしゃべるなと釘《くぎ》を刺しておいた。

栗林は二十二歳で、美容専門学校を出たが美容師にはならず、今はフリーターをしていた。外見はどちらかと言えば地味で、妻子ある男の子供を身ごもり、産むと居直って金をせびるタイプには見えなかった。

俺はまず彼女に、今回の件は敏哉にも責任はあるが、彼には家庭があり妻と別れるつもりもないことを伝えた。そして、君はまだ若いし、独りで子供を育てていくのは難しいのではないかなど、常識人なら誰でも言いそうな理屈を並べて説得を試みた。彼女は黙って聞いていた。不満げな態度こそ示さなかったが納得した様子もなかった。むろん俺も、そんな一般論で円満に解決できると考えていたわけではなく、相手の出方を探るジャブのつもりだった。

「どうだろう、考え直してもらえないだろうか」

「私、西嶋さんのことが好きなんです。彼だって、去年の私の誕生日にはプレゼントもくれました」

「それは店員と馴染《なじ》みの客、あくまでも友人としてでしょ。繰り返しになるが、弟は君に好意を持ってないし、離婚するつもりもないんだよ」

「でもあの晩、西嶋さんは奥さんと別れると言いました。だから私、彼を部屋に入れたんです」

彼女はそう言って、キッと敏哉をにらんだ。敏哉は視線を避けるようにうつむいている。

「もし言ったのだとしても、酔った上でのことでしょ」

「いいえ。そんなに酔ってませんでした。とにかく、私、ぜったいに中絶なんてしませんから」

「産んでどうするの」

「育てるに決まってます」

「仕事は？　悪いけど敏哉は一介の警察官だ。養育費なんてそんなに払えないよ」

「奥さんと別れて私と暮らせばいいじゃないですか」

俺は敏哉を見た。彼は、このとおりなんだよ、とでも言いたげに首を振った。

話は堂々巡りだった。栗林若菜はあくまでも敏哉と一緒になる、子供を産むの一点張りで、終《しま》いには、お兄さんでは話にならないから敏哉の上司に立ち会ってもらいたい、などと言い出す始末だった。そんなことをすれば彼の警察官としての将来に傷がつく。むろん彼女もそれを計算してのことだろう。

彼女と別れて俺と二人になっても、敏哉は押し黙っていた。彼女の固い意志をあらためて見せつけられ、家庭崩壊の四文字が目の前にちらついていたのかもしれない。

「心配するな。あんなこと言ってたって最後は折れるさ」

「〝最後〟っていつだよ」

口ほどにもない兄貴に失望したのか、敏哉は不満げに言った。

俺は気休めを言ったつもりはなかった。栗林若菜には多少ストーカー気質はあるようだが、彼女の目は、思い込みに囚《とら》われた人間のそれではない。俺はそういう目を見たばかりだった。愛情と憎しみの違いこそあれ。

3

約束の時間ちょうどにインタフォンが鳴った。玄関のドアを開けると、そこには緊張した楢崎の顔があった。

俺はまずはじめに、腸詰小僧に録音を拒否されたことを彼に伝えた。楢崎は明らかに失望した様子だったが、その代償として新たな事実を引き出したと言うと、彼は納得したようだった。

「やっぱりあの子は、本当のことを言ってなかったんですね。麻美が最期は苦しまなかったなんて嘘なんですね」

「残念ながら、楢崎さんの想像どおりでした」

「教えてください。あいつは娘に何をしたんです」

「断っておきますが、この手の事件取材を何度もこなしている私ですら、嫌悪感を覚えるような話ですよ」

「かまいません、教えてください」

そう言った彼の目には、有無を言わせぬ凄《すご》みがあった。

「分かりました。ではそのまま、お伝えします」俺は取材用のノートを手に取った。「お嬢さんに製造工程を見せると言って、店の裏にある工場に連れていったところまでは、これまでの証言どおりです。ただ、直後にバットで殴りつけて絶命させたというのは作り話で、実際には、麻美さんは、まる二日ほど生きていたそうです。その間は、なんと言うかその……」

「覚悟はできてますから、遠慮なくおっしゃってください」

「聞いたまま申し上げると、麻美さんを〝オモチャにした〟そうです。すぐに殺さなかったのは、〝できるだけ長びかせて、思う存分、楽しみたかった〟からだと。麻美さんが亡くなるまでは、いちおう食事と水も与えていたそうですが――」

俺が彼に話したことは、まさに三文スプラッター小説を地で行くものだった。楢崎の顔からはみるみる血の気が失せていき、呼吸も荒くなった。俺は途中で切り上げようとしたが、彼は大丈夫だから続けてくれと言って承知しなかった。しかし、間もなくソファに倒れ込むと、ひきつけを起こしたように白目をむいて歯を食いしばり、イーッと奇声を発し始めた。俺は驚いて彼の体を揺すり名前を呼んだ。ほどなくして楢崎はわれに返ったが、視線は宙をさまよい、心ここにあらずといった様子で、もはや人の話を聞ける状態ではなかった。

実を言うと、俺の話はすべて創作だ。結果的に彼を騙《だま》したことになるが、しょせん腸詰小僧に尋ねたところで、従来どおりの答えを繰り返すだけだろう。だが楢崎は、それでは納得しない。彼は娘の安らかな死を望む一方で、殺した犯人をもっと憎みたがっている。おそらく後者の感情がより強い。だから聞かされる話が残酷でグロテスクであればあるほど真実だと思い込む。俺は彼が求めているものを提供したにすぎない。

篠《しの》つく雨の中、楢崎は帰っていった。来たときに比べ、帰るときの彼は十歳ほど老け込んで見えた。

そして一時間ほど過ぎたころ、またインタフォンが鳴った。

「たびたびすいません」

楢崎だった。傘をささずに歩いたらしく、濡《ぬ》れた髪が頭皮に張りつき服のすそや袖からも水が滴《したた》っていた。

「折り入って、お願いしたいことがありまして」

「とりあえず中へどうぞ」

俺は彼をリビングに招き入れてタオルを渡した。楢崎はそれを手に取ったが、まるで使い方が分からないかのように、ただ呆然《ぼうぜん》と見つめているだけだった。

「拭《ふ》かないと風邪ひきますよ。傘をお持ちじゃなかったんですか」

楢崎はぼそぼそと何やら言ったが、聞き取れなかった。

「タクシーを呼びましょうか」

彼はふいに俺の腕をつかんだ。色をなくした顔の中央で、血走った目だけがらんらんと輝いている。

「あいつが今、どこにいるのか教えてください」

「それはできないんですよ」

「教えてくださいっ」

「聞いてどうするんですか」

楢崎は答えなかった。それが答えのようなものだった。

「バカなことを考えちゃいけませんよ」

俺はタオルで彼の体を拭いた。

楢崎はその手を払いのけた。「あなたに、私の気持ちは分かりっこないんだ」

「いいですか。私が居場所を教えて、あなたが妙なことをすれば、私だって共犯になってしまうんですよ」

「西嶋さんに聞いたなんて誰にも言いません」

「警察を舐めちゃいけません。取り調べでしらを切りとおすなんて不可能です。やってもいない犯罪を自白させる連中ですよ」

「捕まらなきゃいい」

「逃げられるとでも思ってるんですか」

「逃げやしません。逃げる必要なんてないんだ」楢崎は、額がぶつかりそうなほど俺に顔を近づけた。「この九年間、私がどんな人生を送ってきたか分かりますか。来る日も来る日も、もし麻美が生きてればどんな婿《むこ》さんもらっただろうとか、今ごろ孫を抱いてたはずなのにとか、考えるのはそんなことばっかりです。もうウンザリなんだ。ほとほと疲れ果てたんですよ。でもね、独りで死んだんじゃつまらない。あいつは、のうのうと生きてるんだ。そんなのおかしいだろっ」

楢崎は本気だった。少なくとも俺には、彼が一時の感情に任せて口走っているようには見えなかった。

「百万でいかがですか。私はもう金なんか持ってたって仕方ないんだ。一千万でどうです？　いくら出せば教えていただけますかっ！」

俺は怖気《おぞけ》をふるった。これは俺の作り話が招いた事態なのか。いや違う。いずれにせよ彼は、早晩自分が育て続けた憎悪に飲み込まれたはずだ。

「帰ってくれ」私は押し遣るようにして彼を玄関まで連れていった。

「後生《ごしょう》だ」楢崎は俺にすがりついてきた。「奴が今どこにいるのか教えてくれっ！」

俺はドアを開けて彼を外に突き出した。しかし楢崎はあきらめようとせず、俺の名を呼びながらドアを叩き続けた。しばらくして静かになったのでドアスコープをのぞくと、楢崎はまだドアの前にいて、じっとこちらをにらんでいた。腸詰小僧の居場所を教えるまで居座るつもりではないかと不安を覚えたが、一時間ほどして確認すると、彼はいなくなっていた。

4

母はベッドの上で上半身を起こし、顔を窓の方に向けていた。西の空が赤く染まっている。俺は最初、夕焼けを眺めているのだと思ったが、近づいてみると、母はぼんやりと物思いにふけっていた。

母は俺に気づくと、ベッドサイドの棚にあったリンゴを指差した。「食べるかい？　今日、洋子さんが持ってきてくれたんだよ」

俺はいらないと言ったが、母はナイフと皿の載った盆を引き寄せリンゴの皮をむき始めた。「どうせ果物なんて食べてないんでしょ」

「食ってるさ。で、調子どうよ？」

母は答えず、手元に目を落としたまま訊いた。「敏哉、何かあったのかね？」

「なんで？」

「このあいだ来たとき、ちょっと様子が変だったから。あの子はあんたと違ってすぐに顔に出るからね」

「仕事が忙しいんだろ。昇進試験が近いようなこと言ってたし」

「だったらいいんだけどさ。二人っきりの兄弟なんだから、困ってるようなら相談にのってやるんだよ」

母は皮をむいたリンゴを八等分して皿に載せ、俺の前に置いた。「あんたにちょっと相談があるんだけど」

「金ならないよ。知ってるだろうけど」

母は笑ってくれなかった。

「もしもの話だよ。もし私が、家に帰りたいって言ったら、敏哉や洋子さんは迷惑かね」

母は自分の病気を知っているのではないか。前から薄々感じていたが、今この瞬間、それは確信に変わった。

「迷惑ってことはないだろうけど、洋子さんは美佳の面倒も見なくちゃならないし仕事もしてる。その上、母さんの看病までするのは大変なんじゃないか」

「やっぱりそうかね」

「ああ。だからここでしっかり体を治して、元気になってから家に帰ればいいじゃないか」

　母は唇の隅をわずかに上げ、うなずいた。


　あくる日の午前中、俺は栗林若菜と話をつけるために、彼女のアパートを訪ねた。事前に連絡はしなかった。したところで会うのを拒否されることは目に見えている。住所は敏哉から聞いていた。彼女の暮らすアパートは最寄駅から十分以上歩いた住宅街にあった。木造モルタル造りで、かなり古びている。

　栗林若菜は部屋にいて、俺を見るなり露骨に迷惑そうな顔をした。俺は仕事がら、相手のこうした反応には慣れている。時間はとらせないと言って、半ば強引に近くの喫茶店まで彼女を連れ出した。

　前回のように、真正面から正論で押しても同じ結果になるだけだ。俺はまず母の話をした。

「肝臓癌でね、医者からはあと半年から一年と宣告されてる。母は、最期は敏哉の家で迎えたいと望んでるんだ。できればその希望をかなえてやりたい。でも君のことが知れれば、敏哉の家族だって今のままではいられない」

「だからって私に消えろって言うんですか？　勝手だわ。結局、自分たちの都合じゃないですか。それに、病人を持ち出すなんて卑怯《ひきょう》です」

「別に情に訴えるつもりはないよ。ただ私は、これまで親不孝ばかりしてきた。敏哉にもずいぶん世話になってる。あの二人のためなら、どんな泥でもかぶるつもりだってことを、まず君に知っておいてほしかったんだ」

俺の話を脅迫と取ったらしく、栗林若菜の顔に怯《おび》えが走った。

「勘違いしないでくれ。今日は建前抜きのぶっちゃけた話をしに来たんだ」

「どういう意味ですか」

「お互いが納得できる額をつめようってことさ」

「お金ってこと？」

「ありていに言えばそうだ」

栗林若菜はそっぽを向いた。その横顔は不快げに歪《ゆが》んでいたが、もし拒否するつもりなら、すぐに席を立つこともできた。しかし彼女はそうしなかった。交渉の余地はあると俺は踏んだ。

「はっきり言ってくれ。いくら欲しい？」

翌週、楢崎がわが家に来たとき、彼は前回とは別人のように落ち着き払っていた。表情や視線はすっかり柔らかくなり、平らかな話し方や物腰からも、彼が精神的不均衡状態から脱したことが見て取れた。切腹を前にした侍はこんなふうだったのではないか、俺はふとそんなことを思った。

「これが現在、腸詰小僧が使っている名前、そして住所です」俺はテーブルにメモを置いた。「お渡しできませんので覚えてください」

楢崎はそのメモを手に取ると、老眼鏡をかけて食い入るように見つめ、口の中で何度も復唱した。

「九年も経ってますので顔もかなり変わっています。事件当時ネットに流出した写真をご覧になっているなら、そのイメージは捨てた方がいいと思います――」

俺は淡々と、伝えるべきことを伝えた。自分がしていることの意味を深く考えないようにした。楢崎が、俺から得た情報を使って何をしようが、あずかり知らぬことだ。

別れ際、楢崎は俺の手をしっかりと握りしめた。「本当にお世話になりました。けっして、西嶋さんにはご迷惑はおかけしません。お約束します」

5

25日午後10時ごろ、さいたま市大宮《おおみや》区の路上で、女性が刺されたと110番通報があった。埼玉県警によると、被害者の女性は栗林若菜さん（22）で、救急隊員が現場に到着したときは出血多量で心肺停止の状態だった。

目撃者によると、刺した男は犯行直後、近くの踏み切りで電車に飛び込み死亡した。所持していた身分証明書から、男は山梨県在住、楢崎昌男容疑者（64）と判明した。動機などは今のところ分かっていない。

俺は、とある商店街にあるパン屋の前に立っていた。天然酵母の自家製商品だけを売る店で、いつ来ても客でにぎわっている。

店内では若い女性店員が、新製品の試食を客に薦《すす》めていた。美味しいとでも言われたのか、彼女の満面に笑みが広がった。ウィングカラーの白いブラウスにチェック柄のエプロンという制服がよく似合っている。

まさか彼女が、九年前に日本中を震撼《しんかん》させた少女だとは誰も思うまい。二十一歳になった腸詰小僧は、今や日常風景に完璧に溶け込んでいた。

あの日、栗林若菜との交渉は決裂した。彼女は、たとえ一億円もらっても子供はあきらめない。敏哉の家庭をぶち壊してでも彼を手に入れると言い放った。弟一家を守るために、そして、母に安らかな最期を迎えてもらうために、彼女には消えてもらうしかなかった。

結果的に楢崎を利用するかたちになってしまったことは、申し訳ないと思っている。折を見て、山梨まで墓参りに行くつもりだ。

解決屋

「何を言えばいいんですか」

「あなたの心の中にあることですよ。このカメラが、前の奥さんや息子さんだと思って、率直なお気持ちを話してください。さあ、どうぞ」

「えーと、お久しぶりです。今日、出てきました。美津子《みつこ》、健太《けんた》、あのときは本当にすまなかった。心から反省してる。パパは刑務所に入って生まれ変わった。もう二度と、お前たちにあんなことはしない。約束する……」

「それだけですか」

「すみません。こんなことをすると分かっていたら、前もって話すことを考えておいたんですけど」

「まあいいでしょう。で、あなたは今後、どうするおつもりです？」

「身元引受人になってくれた高校時代の先輩が、割烹《かっぽう》料理屋をやってて、その人が、うちで働けと言ってくれました。寮もあるそうなんで、当面はそこにお世話になるつもりです」

「美津子さんと健太君に対しては？」

「会いに行くのは、生活が落ち着いてからにしようと思ってます」

「申し上げにくいんですが、美津子さんは来月、再婚されます。半年後には、健太君に弟さんか妹さんが誕生することになってます。ちなみにお相手は、お医者様です」

「そうですか……」

「どう思われます？」

「どうって……。仕方ないですね。すべて私が悪いんですから。自業自得《じごうじとく》です」

「本当にそう思ってます？」

「ええ。もちろんです。おめでとう、お幸せにって、彼女に伝えてください」

「口ではそうおっしゃってますけど、私が今、美津子さんの再婚と妊娠を告げたとき、あなたの目つきが一瞬、険しくなったように見えたんですが、気のせいですかね」

「全然知らなかったんで、ちょっと驚いただけです」

「では、二人のことは忘れていただけますか」

「新しい家庭を壊すようなことは、ぜったいにしません」

「私は、二人のことを忘れてくれますか、とお尋ねしたんです。美津子さんも健太君も、それを望んでいます。彼女曰《いわ》く、あなたの頭の中に、自分や健太君が存在すると思うだけで寒気がするそうです」

「………」

「あなた今、ムッとしたでしょ？」

「いいえ……」

「いや。明らかに顔色が変わった。おそらくあなたは、美津子さんと健太君の住所を調べて会いに行くつもりだ。三年前と同じように、商売道具の包丁を隠し持って」

「そんなこと、ぜったいにしません」

「本当に？　仮釈放を取り消されたくないから、そう言ってるだけじゃないんですか」

「違います。忘れてくれと言うなら、そうします」

「じゃあ、忘れてください」

「はい。分かりました」

「あなたの元奥さんのお名前、何でしたっけ？」

「え？　美津子ですけど……」

「忘れてないじゃないですか」

「そんな急に……」

「あなたはたった今、私に約束してくれましたよね。彼女たちのことは忘れる、と」

「スマホじゃないんだから、すぐに消去ってわけにはいきませんよ」

「やっぱり、まだ未練があるんだ」

「違いますよ。そもそもこんなのおかしいだろ。話し合いたいって言うからついて来たら、美津子も健太もいないし、場所はこんなところだし。いったいどうなってんだ」

「近くに適当な場所が見つからなかったので、倒産した町工場をお借りしたんです。私の事務所は遠いものでね」

「だいたいあんた、本当に弁護士なのか」

「実を言うと違います。ただ、弁護士資格こそありませんが、美津子さんから、あなたが更生したか見極めてほしいと依頼されたことは事実です」

「だったら、俺はもう昔の俺とは違う。彼女にそう伝えろっ」

「どこに行くんです？」

「帰るに決まってんだろっ！」

「ほら、美津子さんが心配されているのは、あなたのその激しやすい性格なんですよ。はなはだ遺憾ながら、私としてはありのままを報告せざるをえません」

「勝手にしろ」

「待ってくださいよ」

久保《くぼ》和彦《かずひこ》は待たなかった。〝非常口〟と書かれた鉄扉に向かい、真っ直ぐに歩いていく。そこから入ってきたのだから出られると思っているのだろう。

スズキは、おもむろに腰を上げると、久保の後を追った。

気配を感じのか、久保が振り返る。スズキの手に握られた鉄パイプを見て、彼はようやく、自分の身に何が起きようとしているかを悟り、あわてて駆《か》け出した。鉄扉までたどり着いたものの、そこは施錠されていた。久保は拳で鉄扉を叩き、外に向かって叫んだ。

「助けてくれっ」

「静かにしろ。近所迷惑だろ」

スズキは注意したが、久保は大声で助けを呼び続けている。

「美津子さんは新生活を始めるにあたって、あんたとの問題の完全解決を望んでる。完全解決ってのは、必ずしもあんたが考えているようなことじゃない。あんたの態度次第では……。おい、俺の話を聞いてるのかっ」

むろん久保は聞いてはいなかった。助けを呼ぶことはあきらめたが、きょろきょろと周囲を見回している。武器になる物を探しているらしい。しかし、めぼしい物は見つからず、最後は観念したようにその場に膝《ひざ》をつき、スズキに向かって手を合わせた。

「助けてください。このとおりです。二度と、美津子と健太には近づきませんっ」

「相手が棒やバットを持ってるときには、ぜったいに後ろを見せるな。一発食らうのを覚悟してでも組みつくんだよ。そうすれば活路が開ける場合もある」

せっかくのアドバイスにも、久保は耳を貸そうとしなかった。涙と鼻水を滴らせながら命乞いを続けている。

彼の元妻が、こう言っていたのをスズキは思い出した。

――話し合いなんて無理です。すごく身勝手な性格で、他人の意見なんか全然聞こうとしない人だから。

彼女の言うとおりだ。

ちょっとムショに入ったくらいでは、人は変わらない。


スズキが久保との面会場所に選んだのは、数年前に廃業した鋳物《いもの》工場だった。操業していたころにあった設備はすべて撤去されているので工場内はがらんとしている。

スズキは、先ほどまで久保が座っていた椅子《いす》に腰かけ、煙草をくゆらせていた。椅子の座面には、まだ久保のぬくもりが残っている。

鉄扉をノックする音がしたのでシャッターを開けると、荷台に冷凍庫を積んだトラックがバックで中に入ってきた。

トラックの運転席から降りた山岡《やまおか》は、コンクリートの床に横たわる久保を見て顔をしかめた。

「このあいだも言ったけどさ。もっときれいにできないのか。あっちこっちに飛び散ってるじゃねぇか」

「それを片づけるのも料金のうちだろ」

「ナイフを使うとか、ロープで首を絞めるとか、他に方法はあるだろ」

「今日は、鉄パイプって気分だったんだよ」

スズキはそう言うと、喫《す》っていた煙草を、久保の額に押しつけて消した。

「おいおい。もうちょっと仏さんに敬意を払え」

「お前に言われたかないね」

実のところスズキは、山岡が引き取った死体をどう始末するのか聞いたことはない。しかし彼が、自宅で飼っているペットの〝ブリトニー〟（体長4メートルのアリゲーター）を溺愛していること。そして、彼が引き取る死体は殺したての新鮮なものに限られること。この二つの事実を突き合わせれば、自ずと察しがついた。

前者は、スズキが山岡のことを信用する理由にもなっている。動物好きに悪い奴はいない。

山岡は、ビニールシートを広げて死体を包むと、周囲に散らばった久保のかけらを拾い集めた。

「あんた、こんなことやってて心が痛まないか」山岡は訊いた。

「仕事と割り切ってる」

「いくら仕事でも、ときにはつらくなることもあるだろ」

「ないね」

山岡は呆《あき》れたように首を振った。「ったく。どういう環境で育てば、あんたみたいな人間ができるんだろうな」

スズキは二本目の煙草に火を点《つ》けると、遠い目をしてつぶやいた。

「クソみたいな環境さ」

＊

体を揺すられて、少年は目を覚ます。夜だった。街灯のない真っ暗な道。車はヘッドライトで闇を押し退《の》けながら走っている。

ところどころボディがへこみ薄汚れたワンボックスカー。それは少年と父親の家であり、商売道具でもある。

運転席から父親が言う。「やるぞ。支度しろ」

助手席にいた少年は、身をよじって後部座席に手を伸ばし、ゴミの山から鉄パイプを引っ張り出す。前方に目を戻すと、左手に光が見える。スーツを着た男が自転車をこいでいる。前カゴにはアタッシェケース。後輪の泥除けに付けられた反射板が、車のヘッドライトを受けてチカチカ光る。

少年はウィンドウを下げると、車から上半身を乗り出す。髪が風にあおられ、刺すような冷気に顔と指が強《こわ》ばる。

父親はバックミラーを気にしながら速度をゆるめ、車を徐々に路肩に寄せていく。少年は左手に鉄パイプ、右手でウィンドウの縁をしっかりと握りしめ、近づいてくる自転車の男の背中をじっと見つめる。男は鼻歌を歌っている。

父親がアクセルを踏む。エンジンの音が大きくなり、車が急加速する。自転車を追い抜きざま、少年は鉄パイプを振る。ガツン。指と腕に衝撃が伝わってくる。同時に男の鼻歌がやむ。車の左後方からガシャンという自転車の倒れる音。

父親は車を停《と》める。少年はドアを開けて外に飛び出す。二〇メートルほど後方にスーツの男が俯《うつぶ》せで倒れている。

少年は近づいて声をかける。「大丈夫ですか」

男はうんうん言うだけで答えない。酔っているのか顔が赤い。額から血が出ている。口からゲロも出ている。少年はアスファルトと男の体の間に手を差し込み、上着の内ポケットから札入れを引き抜く。分厚くて重い。少年はホッとする。たくさん金が入っていれば、父親に殴られなくて済む。自転車のそばに落ちていたアタッシェケースを持って車に駆け戻る。

少年が乗ると、ドアが閉まる前に車は急発進する。父親はハンドルを握りながら札入れの中身をあらためる。札がぎっしり詰まっている。父親はアタッシェケースも開ける。こちらは書類だけだったので舌打ちする。

車が橋の上で停まる。少年はまた車を降りて、札入れとアタッシェケースを川に投げ落とす。札入れはすぐに水中に消え、アタッシェケースは書類をばら撒きながら流れていく。

コンビニの駐車場。父親は少年に言う。

「弁当にビール、そして煙草をワンカートンだ。漫画も一冊、買っていいぞ」

少年は渡された一万円札を握りしめ、コンビニに入る。つい顔がほころぶ。弁当や漫画もうれしいが、今晩は暖かいベッドで眠れそうだ。昨日も一昨日《おととい》も車中泊で、寒くて夜中に何度も目が覚めた。

少年は、父親が好きなカルビ焼肉弁当とオムライスをカゴに入れ、ガラスケースからやはり父親が好きなビールを取る。お菓子売り場に並んでいたおまけ付きのチョコが目に留まる。漫画の代わりにこれを買ったら怒られるだろうか。やめておく。今は機嫌がいいが、父親はささいなことで突然キレる。

少年は漫画雑誌を一冊持ってレジに行く。カゴを出して、父親の喫っている銘柄をワンカートン頼むと、店員は子供には酒と煙草は売れないと言う。少年は、駐車場を指さす。サングラスにマスク、キャップを目深《まぶか》にかぶった父親が、運転席でひょいと手を挙げる。

店員は弁当を電子レンジに入れ、漫画と煙草、ビールにハンディスキャナーをあてる。ピッ、ピッ、ピッ。


父親は車を終夜営業のディスカウントストアに入れる。だが駐車場に停めても車を降りようとしない。しばらくすると、若い女が運転席のウィンドウを叩く。

「もしかしてサトウさん？」外から女が訊く。

サトウではないが、父親はうなずく。

「アユミさんか？」

女はにっこりと微笑《ほほえ》んで、並びの悪い前歯を見せる。アユミは白いコートにミニスカート、ロングブーツをはいている。濃いメイクが年齢を隠している。

彼女はドアを開けて乗り込むとき、車内の臭《にお》いに顔をしかめる。

後部座席のゴミの中から少年が顔を出すと、女は、ヒャッ、と悲鳴を上げる。

「そいつのことは気にしなくていい。車で待たせとくから」父親は言う。

車はディスカウントストアを出る。

「いくつ？」父親が訊く。

「二十歳《はたち》」アユミは答える。

「学生？」

「ううん。プー」

少年は漫画雑誌を読むふりをして、二人のやりとりを聞いている。

「もうちょっと行くと、〈パルテノン〉ってとこがあんの。そこ、けっこういいよ。安いし」アユミが言う。

少年はがっかりする。また今晩も車中泊になりそうだ。

〈パルテノン〉の駐車場に、少年はゴミの中から擦り切れた寝袋を引っ張り出して体を入れる。エンジンは止まっているので車内の温度は急降下する。

車内灯で漫画を読んでいると、いつの間にかウトウトする。

寒さで目が覚める。外は粉雪が舞っている。コンソールボックスの時計は午前二時十分を指している。駐車場の出入口のところに自販機が見える。少年は、グローブボックス、ドアポケット、シートの下、車の中を隅から隅まで漁って小銭を百五十円分かき集め、自販機でペットボトルのお茶を買う。寝袋の中で、ペットボトルを抱きしめて丸くなる。歯がカチカチ鳴る。

＊

年代物のブラウン管テレビには、スプラッター映画ばりの光景が映し出されていた。

泣いて命乞いをする久保和彦に、何度も鉄パイプを振り下ろすスズキ。噴き出す血、飛び散る肉片。スピーカーからは断末魔の絶叫。

「年寄りには、ちと刺激が強すぎるな」御歳《おんとし》七十五歳の藤枝《ふじえだ》は、しわだらけの顔を不快げに歪めた。「本当に、殺《や》っちまう必要があったのか」

「もちろんだ」スズキは答えた。「奴は全然、変わっちゃいない。放っておいたら明日にでも刺身包丁を握りしめてかみさんと息子のところに行くさ。三年前と同じようにな」

「もう近寄らないと言ってたじゃないか」

スズキは鼻で笑った。「口だけなら何とでも言える」

「俺には本気に見えたがね」

「老眼鏡を買い換えた方がいい。いずれにしろ判断は俺に任されてるはずだ」

「ああ任せてる。だが、お前が過去に〝安全〟と判断したことが何件ある？」

「疑わしきは依頼人の利益に。それがあんたのポリシーだったはずだぜ。〝完全解決〟を謳《うた》って高い金をふんだくったんだろう」

「完全解決は、必ずしも〝消す〟って意味じゃない。依頼人にもそう伝えてある」

「それは客の気持ちを軽くするための方便だろ」スズキは、久保の顔が映っているところまでビデオを戻し、一時停止した。「よく見てみろ、こいつの目。完全にイッちまってる」

「俺にはむしろ、お前の目の方がイッてるように見えるがね」

藤枝の探偵事務所は、看板も表札も出していないし公式ウェブサイトもない。依頼者はすべて口コミか紹介でやってくる。相談内容の大半がＤＶかストーカー問題で、藤枝は客の中から、これはいけそうだと踏んだ者だけに問題の完全解決を持ちかける。そしてめでたく契約が成立すると、スズキの出番となる。

「つべこべ言わずに金を払え。山岡に払った分も経費として上乗せしてもらうぞ」スズキは言った。

藤枝は、まだ何か言いたげだったが、手提げ金庫から金を出してテーブルに置いた。

スズキはそれをポケットに突っ込んだ。「俺のやり方が気に食わないなら、次からは別の奴を使うんだな」

「俺は、むやみやたらと殺すな、と言ってるだけだ」

「あんたはいいさ。事務所で客とくっちゃべってるだけだからな。だが俺が相手にしているのは、自分の女房や子供すら手にかけようとする、いかれた連中だ。そんな奴らに下手《へた》な情けをかければ、依頼人だけじゃない、こっちの身も危なくなるんだよ」

＊

父親は車を路肩に停め、少年をじっと見つめる。父親の目はガラス玉だ。澄んでいるが冷たく、その中には何もない。

「わざとやったのか」父親は訊く。

少年はかぶりを振る。

「なら、どうしてミスった？」

「……」

「かわいそうだと思ったか」

「違う。と思う」

「もしそんなことを思ったなら、お前は生きていけない。大人になる前に、きっと誰かに食われちまう。餌《えさ》になりたいか」

少年は泣き出す。

「もし、さっきの女が、お前の顔や、この車を覚えていて、警察に言ったらどうなる？」

「捕まる」

「そう。捕まる。俺も、お前もな。やるからには、けっして手加減するな」

「もう失敗しません」少年はしゃくり上げながら言う。

「本当か」

少年はうなずく。

「なら今度だけは許してやろう」

そう言った刹那《せつな》、父親は少年の首筋をつかんで顔をダッシュボードに打ちつける。強くなれ、と言いながら、何度も何度も打ちつける。鼻から血が噴き出す。口の中に血の味が広がる。

二人は先ほど〝狩り〟に失敗した。獲物はベビーカーを押した女だった。

少年の振った鉄パイプは狙《ねら》いを外し、女の頭上、五センチのところを通過した。女は短い悲鳴を上げてその場にしゃがんだ。それを見て父親はアクセルを踏み込んだ。ナンバーは偽物だが、車種や色までは変えられない。

少年の手元を狂わせたのは、パイプを振るう直前に嗅《か》いだ女の匂いだった。

懐かしい母の香り。

と言っても、少年が持つ母親の記憶はごくわずかだ。しかも幼かったので、どれも薄ぼんやりとしている。だが別れた日のことだけは鮮明だった。

真夜中、酔った父親の怒鳴り声と母親の悲鳴を聞いた。翌朝、居間に行くと、母親はソファで寝ていた。顔にはあざ、鼻が少し曲がっている。じゅうたんの上に歯が一本。スカートは濡れて小便の臭いをさせていた。

少年は母親を揺すった。目を開けなかった。夕方になっても同じ格好《かっこう》で寝ていた。ようやく起きてきた父親が母親を蹴った。やはりピクリとも動かない。

夜、父親が大きな黒い包みを車のトランクに積んだ。そのままどこかへ行き、明け方になって戻ってくると、恐い顔で言った。

「ママは家を出て行った。誰かに訊かれたらそう答えるんだ。いいな」

少年と父親が旅に出たのは、それからほどなくしてだった。

*

「あなたが広岡《ひろおか》さんに対する嫌がらせ行為を今後も続けるおつもりなら、われわれとしては法的手段に訴えざるをえません」

「でも、あの人は、結婚すると約束したわ。騙されたのは私の方なんですっ」

「何度も申し上げたように、広岡さんは奥さんと別れる気はありません」

「そんなの勝手じゃないですか。納得できません。ぜったいに」

榊原真理子《さかきばらまりこ》はそう言って体を震わせた。

「榊原さん。よく考えてください。現在の法律に照らせば、あなたのしていることは明らかにストーカー行為です。でも広岡さんは警察へは届けずにわれわれの事務所に相談に来られた。どうしてだと思います？　もちろん、事を荒立てて世間に知られたくない、というお気持ちもあったでしょう。でもそれ以上に、あなたを犯罪者にしたくなかったからなんですよ。あれだけ様々な嫌がらせを受けながらも、広岡さんは、今でもあなたのことをなだめる口調でスズキが言うと、榊原真理子は両手に顔をうずめ泣き出した。

どうやら今回は穏便に済みそうだ、とスズキは思った。彼女はバカじゃない。自分を客観視する目も持っている。少し意地を張っていただけだ。

「あなたのお気持ちは分かります。男なんて身勝手なものですよね。でもここは自分を抑えて。あなたはまだお若いし、一流企業にお勤めじゃないですか。こんなことで人生を棒に振っちゃいけません」

「実は私も、とっくに広岡さんとの結婚はあきらめてたんです。でも遊ばれたと思うと悔しくて……」

「では約束してください。SNSやブログで、広岡さんのことを中傷したりしないと」

「二度としません」

「彼のご自宅や会社に、カミソリやゴキブリを送りつけるのもやめていただけますね」

「はい。やめます。あのワンちゃんにも悪いことをしました。彼に謝っておいてく――」

「ちょっと待ってください」スズキは遮《さえぎ》った。「〝ワンちゃん〟って、広岡さんが飼っていた柴犬のタローのことですか。もしかしてあれも、あなたが？」

彼女は、恥じ入るようにうつむいた。

「どうなんです。答えてください」

「広岡さんの家を見に行ったとき、あの犬が私に吠《ほ》えかかってきたんです。何だか犬にまでバカにされているような気がして……。本当にごめんなさい」

ママは水割りのグラスをカウンターに置きながら、「お客さん、よっぽど犬が好きみたいね」と言った。

「まあね」

スズキは、腕の中で寝息をたてているチワワを起こさないように優しくなでた。

「その子、めったに人になつかないのよ。犬には犬好きが分かるっていうけど、やっぱり本当なのね」

スズキが仕事帰りにスナック〈ホロスコープ〉に立ち寄るようになって半年ほどが経つ。彼の足をこの店に向けさせるのは、店の雰囲気でもママの魅力でもない。チワワのラッキーに会いたいがためだ。

ラッキーのつぶらな瞳を見つめていると、耳にこびりついたクズどもの由無《よしな》し言《ごと》も、いつしかきれいさっぱり消え失せている。

――何だか犬にまでバカにされているような気がして……。だと？

知らない人間を見たら吠えるのが犬ってもんだろ。

身勝手な不倫相手を憎むのは分からないでもないが、飼い犬に罪はない。ましてや殺鼠《さっそ》剤《ざい》入りのハンバーグを食わせるなんて……。あの女はどうかしてる。とても更生など不可能だ。

今ごろは山岡のペット〝ブリトニー〟の晩飯になっていることだろう。フン、いい気味だ。

「お客さんも犬を飼ってるの？」

「昔、飼ってたことはある」

「犬種は？」

「雑種」

「今は飼ってないの？」

「仕事で、長く家を空けることが多いんでね」

「お客さん、何している人？」

「何に見える？」

ママは数秒間、スズキの顔を見つめてから、「営業マン」と言った。

スズキはうなずいた。

「業種はメーカーでしょ」

「当たりだ」

「こう見えて、人を見る目だけはあるのよ」

「ママはずっとこの商売?」

「ここを始めて二十年ちょっとかな。その前はね、占い師だったの」

「へえ、どんな占い?」

ママは答える代わりに、店名の入ったブックマッチをスズキの前に置いた。

――〈ホロスコープ〉

「占ってあげようか」

「ああ、頼むよ」

ママはメモ用紙とペンを出した。「じゃあ、生年月日から教えてよ」

*

ハンドルを握る父親は、前を見すえたまま出しぬけに言う。「今日は、お前の誕生日だ」

少年は驚く。父親はこれまで、少年の生年月日を覚えていないと言っていたのだ。

「じゃあ、ぼくは今日でいくつになったの?」

父親は答えない。

二人が旅に出る前、街に〝定住〟していたころは、少年と同じくらいの年格好の子供たちは小学校に通っていた。だが少年は一度も行ったことがない。

父親曰く、〝あそこはバカが行くとこだ〟

車がスーパーの駐車場に停まる。父親が財布から一万円札を出す。

「誕生日だ。好きなものを買ってこい。釣りはやる」

少年は目を見開く。「こんなにたくさん？」

父親はうなずく。

「お弁当はいいの？　煙草とビールは？」

父親は首を振る。

ここ数日〝狩り〟はしていない。どうしてこんなに気前がいいのだろう。もしかしたら今日は本当に誕生日なのかもしれない。少年は時計に目をやり、そこに表示された日付を記憶する。

少年は車を飛び出し店に向かって走る。早くしないと、また父親の気が変わる。父親の気持ちの切り替えスイッチがどこにあるのか、少年はさっぱり分からない。

田舎のスーパーだった。どうせなら、いろいろな店があるショッピングモールがよかった。父親は、お釣りはくれると言った。貯金して別のときに使おうか。でもあまり残しておくと、困ったときに取り上げられるかもしれない。

案の定、店内は食品が主で、ゲームやオモチャは置いていなかった。あれこれ迷った末に、以前、コンビニで買えなかったおまけ付きのチョコと漫画を二冊買うことにする。レジで受け取ったお釣りは、いったんズボンのポケットに入れたが、思い直して靴の中敷きの下に隠す。

駐車場に戻ると、車は消えている。移動したのかと思い、スーパーの裏口の方までくまなく探したが、車と父親の姿はどこにもない。

体の大きな男が近づいてくる。上下黒のジャージで坊主頭。口だけ笑っている。

男は少年の名前を知っている。「さあ、おじさんと一緒に行くんだ」

「どこへ？」

「おじさんの行くとこだ」

「お父さんは？」

「仕事で遠くに行った。帰ってくるまで、おじさんがお前を預かることになった」

「おじさん、誰？」

男は少し考えてから、「社長だ。お父さんの会社の」と答える。

少年は社長の店に連れていかれる。そして、父親を待つ間、ここで働けと言われる。

その店は地下にあり、出入口には鉄のがんじょうな扉がはまっている。看板はないので、外からはそこに店があることすら分からない。店内には、プレイルームと呼ばれる個室が並び、どの部屋も内装は豪華に飾られている。

少年の仕事は、開店前の準備と客が帰った後のプレイルームの掃除、そして、支配人や店で働く女の子たちに頼まれる様々な雑用だ。ときには客の求めで、レザーの衣装を着けてプレイに加わることもある。それは少し嫌だったが、少年にとって店での暮らしは概《おおむ》ね快適だった。日に三回、賄いが出るし、少しだが小遣いももらえる。自分専用の部屋もあった。

春が来て夏が過ぎ、雪が降っても父親は迎えに来ない。声が変わり、下腹部に毛が生えるころには、少年は父親のことなど考えもしなくなる。

あるとき、社長が突然言う。「お前のオヤジ、警察に捕まったぞ」

「そうですか」

「死刑にならなかったとしても、おそらく死ぬまでムショだな」

少年は女の子の控え室で、ゴミ箱と灰皿を片づけている。

「あんた、いくつ？」

雑誌を読んでいたサラが訊く。

知らないと少年は答える。

「何年生まれ？」

「知らない」

「子供のころどんなテレビ見てた？」

少年は、父親と旅に出る前に好きだった番組をいくつか挙げる。

「じゃあ、私と同じくらいじゃない？」

「お前、いくつ？」少年は訊く。

「十三」

サラは外国人の血が混じっているのか、目鼻立ちがくっきりとし、肌の色が濃い。瞳も茶色だ。

その晩、プレイルームはフル回転で、控え室にいるのは少年とサラだけだ。

「あんた、どれくらいここにいるの？」彼女は訊く。

「三年くらいかな」

「家、どこ？」

「このビルの屋上」

少年にあてがわれた部屋は、ビルの屋上に立つ物置小屋だった。

「ゲームある？」

少年は持っているゲーム機とソフトを答える。

「今度、遊びに行っていい？」

どうせ来ないだろうと思ったので、少年は、いいよ、と気軽に応じる。

しかし翌日の閉店後、サラはコーラのペットボトルとポテトチップスを持って屋上の小屋にやってくる。

「見張りのババアがいるんだけど、私が逃げないの知ってるから黙っててくれんのよ。どーせ、逃げても行くとこないしね」

サラは、店の寮に住んでいる。六人部屋で、その中にはサラより若い子もいるので、世話係を兼ねた監視役がいるという。

二人は明け方までゲームをする。少年は睡魔に負けてマットレスに横になる。するとサラが服を脱いで彼の上に乗る。一分と経たぬうちに終わるがすぐにまた始まる。今度は少年が上になる。

サラの口はポテトチップスとコーラの味がする。窓から隣のビルが見える。少年は、来月の小遣いでカーテンを買おうと思う。

＊

スズキは、藤枝老人と並んでソファに腰かけモニターを見つめていた。画面の中では、赤ら顔で恰幅《かっぷく》のいい男が、額から汗を滴らせ大声でまくし立てている。歳は五十がらみ。

服装や態度から社会的地位の高さがうかがえたが、それに見合った品位は身についていないようだった。

「――佐竹《さたけ》は完全にいかれてる。奴にとって、警察の警告なんか蚊《か》に刺された程度の意味しかないんだ。娘は怯えきっていて、実家には近寄らないし半年ごとに住所を変えてる。どうして被害者である娘がこそこそ逃げ回らなきゃならんのだ。おかしいだろ？　いつまでもこんなこと続けていられない。あんたのところに頼めば、後腐れなく解決してくれると聞いた。佐竹の野郎を始末しちまってくれ。金ならいくらでも払う――」

二人が見ているのは、昨日、藤枝が依頼人に応対した際に隠し撮りした映像だ。

藤枝は言った。「古い知り合いに仲介された依頼なんだが、請《う》けるかどうかは、お前の意見を聞いてからにしようと思ってな」

「………」

「おい。聞いてるのか」

と声をかけられ、スズキはわれに返った。「ああ、聞いてる」

「どうした？　顔が真っ青だぞ。風邪でもひいたか」

「いや、大丈夫だ。悪いが、もう一度、最初から見せてくれないか」

藤枝はけげんな顔でレコーダーを操作した。二度目の再生が始まると、スズキは身を乗り出し、食い入るように男の顔を見つめた。

似ている気がするが、奴だろうか？

あの男を見たのはたった一度だけ、しかも二十年近く前のことだ。脳裏に残っていた顔を二十年分老けさせて、画面の男と重ねてみる。

髪はずいぶん薄くなっている。だが人を威嚇《いかく》するようなぎょろりとした目、存在を主張するでかい鼻は、記憶にある奴の顔、そのままだ。

やっぱり、あの男だ。間違いない。スズキは確信した。

「まさか知り合いなのか」藤枝は訊いた。

「いいや」

「T県で建設会社を経営しているそうだ、名前は奥平幸三《おくだいらこうぞう》。聞いてのとおり、典型的なストーカー案件だな」

「なら何を迷ってる？」

「問題はこいつだ」と言って藤枝は、画面の奥平にあごをしゃくった。「普通の依頼人は、こいつみたいに〝始末しろ〟なんてはっきり言わん。俺の方も言質《げんち》を取られないように直接的な表現は使わない。そうやって、あうんの呼吸で話を進めていくんだ」

「娘のことが心配でたまらないんだろ」

「かもしれん。だが、俺はそもそも、こいつの言ってる佐竹って男が、本当にストーカーなのかどうかも疑わしいと思ってる」

「じゃあ、断るのか」

藤枝は思案顔で押し黙った。

「ストーカーかどうかは、いつもどおり俺が直接会って判断してやるよ」

すると藤枝は、不審げな目で彼を見た。

「何だよ？」

「この間も言ったが、近ごろのお前は、殺しを楽しんでいるように見える」

「人を異常者みたいに言うな。俺は責任感が人一倍強いだけだ。あんたと違ってな」

藤枝はあごをさすりながら、またしばらく考えた。

「やっぱり、引き受けるのはもう少し調べてからにしよう。俺の経験上、こうした輩《やから》は後々トラブルになることが多い。自分のしたことを他人に吹聴したり、味を占めて次は保険金殺人を依頼してきたりな」

「そのときは、俺が後悔させてやるさ」

スズキは画面の奥平をにらんだ。

まさかお前に、こんなかたちで再会できるとは思ってもみなかったよ。神に感謝するのは、生まれて初めてだ。

＊

暑い夜。少年の小屋にエアコンはない。ビルの屋上は吹きさらしだが、風はそよとも吹かず、空気は蒸している。

少年とサラは何も身に着けずにマットレスに横になっている。

「客にやられたのか」少年は訊く。

「そ。Sでロリコンのド変態。サイテーな奴」サラはこともなげに答える。

少年はサラの体を仔細《しさい》に見て回る。彼女の顔、腕や足、体中いたるところにあざやミミズ腫れがある。

「支配人に言えば？」

「ダメよ。お得意さんだもん。チップもたくさんくれるし」

「よく来るの。そいつ？」

「最近、ちょくちょくね」

「名前は？」

「知らない。目がイッちゃってて、ちょー、ヤバい奴なの。この間なんかプレイ中に、独りで勝手に気を失ってんだもん。ぶたれてるのはお前じゃなくて、私だっつーの」

サラはそう言って、ケタケタと快活に笑う。彼女の笑顔を見ると、少年はなぜか胸が苦しくなる。

少年は三号室の掃除をしている。顔にマスク、手にはゴム手袋。ベッドや床に飛び散った茶色い染みが強烈な臭気を放っている。サイドテーブルの上には、女の子のクソがてんこ盛りになった皿がある。客の食い残しだ。

次の予約が入っているので、大至急、部屋をきれいにし、臭いを消さなければならない。急に廊下が騒がしくなる。男のわめき声。ドタンバタンと何かがぶつかる音。支配人の声。落ち着いてください。大丈夫です。後始末はわれわれがしますから。

静かになったと思うと、支配人の呼ぶ声がする。

少年は雑巾《ぞうきん》とバケツを置いて部屋を出る。五号室の前で、支配人が手招きしている。彼の足元に全裸の男が座り込んでいる。ドラッグをやっているらしく、ポカンと開けた口からは血が滴り、目は虚《うつ》ろで視線は宙をさまよっている。

支配人に指示され、少年はその客を一号室まで連れていく。男は肩を貸さないと真っ直ぐに歩けない。血反吐《ちへど》を吐きながら意味不明なことをぶつぶつつぶやいている。

少年は、背中で支配人の声を聞く。社長ですか、ちょっとヤバいことになったんで、大至急来ていただけますか。

少年は胸騒ぎがする。客を一号室のベッドに寝かせ、五号室まで取って返す。悪い予感は的中する。サラが床に横たわっている。シーツやカーペットに血痕《けっこん》が飛び散っている。

少年はサラに駆け寄る。彼女は仰向《あおむ》けで、万歳する両手には手錠がはまっている。白目をむき、口からだらりと舌を垂らし、身に着けているのは革の首輪だけだ。

少年はサラに触れる。まだぬくもりがある。

「救急車……」少年はつぶやく。

支配人は即座に、バカ言ってんな、とはねつける。

サラの右の乳首がなくなっている。そこから流れ出た血が胸の谷間にたまっている。少年は客の口が血まみれだった理由を知る。怒りがこみ上げてくる。

一号室に行こうとしたが部屋を出る前に支配人に捕まる。少年は抵抗できなくなるまで支配人に叩きのめされる。少年は壁にもたれて泣く。

社長が来て、支配人とヒソヒソ話を始める。

サラは身寄りがなかったよな？　ええ、中村《なかむら》さんのとこから買った子なんで。きれいに始末できるか。大丈夫です。客はどこにいる？　一号室に。どんな奴だ？　いかれた奴ですよ。ただ、上客なんで一気にふんだくらずに長い目で見た方がいいかもしれません。まあその辺は、俺が会って判断しよう。

社長が一号室で客と話している間に、少年と支配人はサラを片づける。

彼女の目と口を閉じ、体にシーツをかけると、胸のところに赤い染みができ、徐々にそれが広がっていく。

サラの笑顔が脳裏によみがえる。それを振り払おうとしてかぶりを振ると、涙が左右に飛ぶ。

真夜中の広い河川敷。少年と支配人は座り込んで煙草を喫っている。川面を渡ってきた風が、あたり一面に茂った背丈ほどある草を揺らす。二人の前に、縦二メートル横一メートルほど地面が露出した部分がある。

「このままじゃまずいな。草でも載せてカモフラージュしとくか」支配人が言う。「どうせ二ヵ月もすれば、周りと見わけがつかなくなるだろうけど」

「あのお客は、どうなるんですか」少年は訊く。

「どうもなんねぇよ」

尋ねたことを少年は後悔する。土の下のサラに聞こえたかもしれない。

「また来ますか、あの人?」

支配人はフーッと紫煙を吐く。「ほとぼりが冷めたころに戻ってくるだろうな。あれだけいかれてる奴を満足させられる店なんて、他にねぇから」

サラを埋めた河川敷までは、電車とバスを乗り継いで一時間ほどかかる。少年は翌月の月命日、彼女に会いに行く。

その場所はもう短い草で覆われている。支配人が言うように、来月には見わけがつかなくなってしまうだろう。少年は河原から一抱えほどの石を拾ってくると、目印としてそこに置く。そして河原で摘んだ花を手向《たむ》け、手を合わせる。

ぜったいに、かたきは取ってやるからな。

＊

「どうしたの、恐い顔して？」

とママに訊かれ、スズキは現実に引き戻された。

「いや。何でもない。ちょっと昔のことを思い出してただけだ」

週末にもかかわらず、〈ホロスコープ〉は閑古鳥《かんこどり》がないていた。スズキの太ももの上では、ラッキーが猫のように丸くなっている。

「昔のいい人のことでも考えてたんでしょ？」

「それなら恐い顔なんかしないさ」スズキは水割りを一口すすった。「ママは、殺したいほど誰かを憎んだことあるか」

「憎むってことは、殺したいと思うことよ」

そのとき上着のポケットで携帯が震えた。藤枝老人からだった。

スズキは、いったん店の外に出た。「どうした？」

「このあいだの依頼、覚えてるか。奥平って男だ」

「ああ、もちろん」

「あれ、断ったぞ」

「どうして？」

「少し探ってみたら、やっぱり奴の言ってることは嘘八百だった――」

藤枝によれば、奥平が殺害を依頼してきた佐竹という男は、ストーカーではなく奥平の娘の交際相手だった。二人は結婚を考えているが、奥平が猛反対しているのだという。

「要するに一人娘を手放したくないだけなのさ」藤枝は言った。「娘が転々と住所を変えているのも、佐竹からじゃなくて父親から逃げたいからなんだよ。佐竹は真面目《まじめ》な公務員で、周囲には悪い噂一つない。二人のデート現場もおさえた。今でもれっきとした恋人同士だ。まあそういうわけだから、あの話は忘れてくれ。じゃあな」

「おい待て。奥平の住所を教えてくれ」

「どうして？　お前が直接依頼人に会うのはルール違反だぞ」

「会いはしない。ただちょっと、どんな奴なのか知りたいだけだ」

奥平は、スズキが渡した名刺をいぶかしげに眺めた。

「いったん断っておきながら、どうして気が変わったんだ？」

「手違いがあったことをお詫《わ》びします」と、スズキは頭を下げた。「藤枝はあのとおりの高齢でして、時おり過度に慎重になることがあるんです。私があらためて奥平様のご依頼を検討させていただいた結果、お引き受けすることにしました」

二人が話しているのは、奥平が経営する建設会社の社長室だ。深夜なので彼ら以外に人の姿はなく、静まり返っている。

「じゃあ、佐竹の野郎を、きれいさっぱり消してくれるんだな」

「お任せください」

スズキは答え、にっこりと微笑んだ。

やっぱりお前は、俺のことを覚えていないようだな。まあ無理もない。二十年前、俺はまだガキだった。きっとお前にとっては、あのことも、他人の足を踏んだくらいの出来事でしかないんだろうよ。

「で、いつ佐竹の野郎を殺ってもらえる？」

「お急ぎでしたら、最優先でやらせていただきます」

「早いに越したことはない。あのストーカーが生きている限り、俺も娘も、枕を高くして眠れんからな」

「お察しします」

さも同情するような顔で言いながら、スズキは腹の中で毒づいた。嘘をつけ、クズ野郎！

藤枝の調査を信用しないわけではなかったが、スズキも先日、弁護士を騙《かた》って佐竹という青年に会い、彼と奥平の娘が相思相愛であることを確信した。

佐竹の瞳には、狂気の片鱗すら浮いていなかった。彼は野に咲くタンポポよりも安全な男だ。

「料金は、このあいだ言ってた額でいいんだよな」

「はい、けっこうです」

「よし、そうと決まれば前祝だ。あんたもつき合えよ」

二人は、奥平の娘の幸福を祈って、ブランデーのグラスを合わせた。

酔いが回ってくると、奥平は自分がいかに娘を愛しているかを、訊きもしないのに語りだした。

スズキの足元に置かれたブリーフケースには、刃渡り三〇センチのサバイバルナイフが入っている。奥平のくだらない話が続いている間、スズキは何度もブリーフケースに手を伸ばしかけたが、その都度思いとどまった。

今、殺るのは簡単だ。しかしそれでは、あまりにあっけなさすぎる。こいつにも自分と同じ苦しみを、大切なものを突然奪われた悲しみを、じっくりと味わわせてやる。地獄に旅立つのはそれからだ。

いつしか奥平は酔いつぶれ、いびきをかき始めた。しまりのない寝顔をにらんでいると、スズキの眼前に、あのときの光景がまざまざとよみがえった。

よく晴れた夏の朝だった。スズキは飼い犬を散歩させていた。犬の名前はゴロー、茶色い毛の雑種だ。彼らが横断歩道を渡っていたとき一台のベンツが猛スピードで近づいてきた。ベンツは直前でスズキたちに気づいて急ブレーキをかけたが、止まったときには横断歩道を通り過ぎていた。運転していた男はあわてて降りてきた。ボク、大丈夫か？　スズキは危ういところで難を逃れ尻もちをついただけだったが、ゴローは頭を潰《つぶ》されていた。

男は、スズキが無傷だと分かるとホッとした様子で、「坊主、悪かったな。これで勘弁してくれ」と、千円札を一枚、彼の手に握らせた。そして、そそくさとベンツに乗り込み走り去った。ショック状態のスズキに、車のナンバープレートを見る余裕はなかった。だが男の顔は、彼の酒臭い息とともに記憶に刻み込まれた。

スズキは両親の顔を知らない。生まれてから十六歳になるまで祖母の家で育てられた。小学校も中学校も不登校で、ゴローが唯一の遊び相手だった。奥平は、そのかけがえのない友だちを奪ったのだ。

奥平はよだれをたらして熟睡している。目の前に、あのときの少年がいるとも知らずに。

娘の死を知らされ、泣き叫ぶ奥平の姿が目に浮かんだ。

スズキは財布から千円札を一枚出して、奥平のシャツのポケットに押し込んだ。

「悪いな。これで勘弁してくれ」

――近ごろのお前は、殺しを楽しんでいるように見える。

藤枝に言われた言葉をスズキは思い出した。

認めたくはなかったが、仕事中に性的興奮を覚えていることは事実だった。先日、榊原真理子の首を絞めていたときには、知らぬ間に達してしまったほどだ。

今も股間《こかん》が痛いほどいきり立っている。ひんやりとした初秋の夜気も、その昂《たか》ぶりを鎮《しず》めてはくれなかった。

奥平と三時間近くも相対しながら手を出さずにいるのは、かなり自制心が必要だった。

がんばった自分に、ご褒美《ほうび》を上げてもバチは当たるまい。

スズキはポケットから携帯を出し、記憶している番号を押した。

「会員番号458だが、予約したい。ミミちゃんて子、いたよね――」

＊

「では、お待ちしております」支配人は電話を切ると、受話器に向かって悪態をつく。「つたく。変態野郎がっ。今度は面倒かけんじゃねぇぞっ！」

そばで聞いていた少年はピンと来る。そしてさりげなく訊く。「どうしたんですか」

「例の458号が、とうとう復活したんだよ。どうせ、他の店じゃ満足できなかったんだろ」

「今から来るんですか？」

支配人は、パソコン画面の予約表を見ながらうなずく。

少年は事務所を抜け出して階段を駆け上がる。屋上の小屋には、このときのために買っておいたナイフがある。

ナイフの柄《え》には、サラと撮ったプリクラが並んでいる。

笑っているたくさんのサラ。少年も彼女に、精いっぱいの笑みを返した。

父の手法

1

その老人は、私を見るなり眼球が飛び出さんばかりに目を見開いた。そして背中が壁に当たるまでよろよろと後ずさると、腰が抜けたようにへたり込んだ。顔面は蒼白《そうはく》で、わずかに開いた口から「あ……、あ……」と言葉にならない声が漏れている。

老人とは初対面だったので、私は戸惑った。自分でも気づかぬうちに、何かしてはいけないことをしてしまったのだろうか。

隣にいた所長を見ると、彼は、気にするなというように苦笑してから、壁際で震えている老人に声をかけた。

「どうしたの？　勝又《かつまた》さん。この人はね。今月からうちで働くことになった渋沢《しぶさわ》さん。怖い人じゃないよ」

「初めまして、渋沢里江子《りえこ》と申します。よろしくお願いします」

私は頭を下げたが、勝又さんは壁の方を向いてしまい、犬でも追い払うように手を振った。

どうしていいか分からず立ち尽くしていた私に、所長は、廊下に出るよう目で促《うなが》した。

「私、何か悪いことしましたか」

勝又さんの部屋を出ると、私はすぐに所長に尋ねた。

「気にすることないよ。ボケてんだから」

いくら認知症とはいえ、初めて会った人にあんな態度をとられたら不安になる。

私は、この介護付き老人ホーム〈楽寿苑《らくじゅえん》〉に先週採用されたばかりで、資格を取るために通った学校で実習は経験しているものの、実際の介護現場に出るのは今日が初めてだった。

「もし私にいたらない点があったなら、遠慮なくおっしゃってください」

「勝又さんは、いわゆるまだらボケでね。気分に斑《むら》があるんだ。職員の間で〝お天気勝又さん〟と呼ばれてるくらいだから」

「知らない人にはいつもああなんですか？」

「そんなこともないんだけどね……。緊張してたのかもな。君みたいな若い職員は、うちでは珍しいから」

私は今年三十五歳、もう若いとは言えない歳だ。でも勝又さんの目にはそう見えたのかもしれない。〈楽寿苑〉の職員の平均年齢はかなり高く、大半が四十代以上で、中には制服を着ていなければ入所者と見紛《みまが》うような人もいる。所長によれば、若い人材はのどから手が出るほど欲しいが、いくら求人広告を出しても応募すらないという。

よく知られているように、介護業界の人手不足は深刻で、収容能力に余裕があっても職員を確保できないために入所者の受け入れを制限している施設はたくさんある。ことに〈楽寿苑〉のような中堅事業者は、全国展開している大手に比べて待遇面で劣るため、若い人たちには敬遠されがちだった。おかげで私みたいな、いい歳をした未経験者でも、たった十五分ほどの面接で正社員として採用してもらえたのだ。

私は以前、市役所に勤めていた。そのころは仕事にも職場の人間関係にも不満はなく、何より就職氷河期世代として公務員という安定した身分のありがたみを身に沁《し》みて感じていた。転職など頭の片隅をよぎったことすらなかった私に、人生を見つめなおすきっかけを与えたのは、父の死だ。

父は高校で美術の教師をしていた。母は私が五歳のときに病気で亡くなっている。父はその後、再婚せず、持てる愛情のすべてを私に注《そそ》いでくれた。おかげで私は、母親のいない寂しさをほとんど感じずに済んだ。父は、すべてを兼ね備えた人だった。優しくて知性的、ユーモアのセンスがありスポーツ万能。手先も器用で料理から日曜大工まで何をやらせても玄人《くろうと》はだし、もちろん見映《みば》えだってよかった。授業参観日や運動会のたびに、私はクラスメイトに、「里江子ちゃんのお父さんてかっこいいね」と言われたものだ。そんな父だから自分の教え子にも人気があって、毎年バレンタインデーにはたくさんのチョコレートを抱えて帰ってきた。ホワイトデー前に、お返しのクッキーやキャンディを用意するのはいつも私の仕事で、少し面倒だったけれど誇らしくもあった。

父は子煩悩《こぼんのう》だが干渉《かんしょう》するタイプではなく、お前の好きなように生きなさい、が口癖だった。私は高校時代、ジャーナリストになることを夢見ていた。ジャーナリズム学科のある、東京の有名私大を目指して猛勉強し合格したが、悩んだ末に、自宅から通える地元の県立大学へ進学した。父を一人、郷里の街に残していくのが忍びなかったからだ。転勤のない市役所へ就職したのも同じ理由からだった。父は娘の気持ちを見透《みす》かしていて、「お父さんは一人で大丈夫だよ」と、事あるごとに言った。でも私にとって自分の夢を追うことより、父がくれた愛に報《むく》いることの方が大事だった。父のそばにいて、精いっぱい親孝行をして、いつか父が亡くなるとき、いい人生だったと思ってほしかった。しかしそんなささやかな希望は、あの事件によって打ち砕かれた。父の無念を思うと今も胸が張り裂けそうになる。

四年前、父はバスの車内で痴漢したとの容疑をかけられて逮捕された。もちろん事実無根で父は否認したが、恫喝《どうかつ》的な取り調べと長引く勾留《こうりゅう》に疲れ果て、最後はやってもいない罪を認めてしまった。それで起訴猶予《ゆうよ》処分にはなったものの、地元紙に実名で報じられ、天職だと自負していた教師の職を失う羽目になった。それからの父はまるで抜け殻《がら》だった。私は人目を避けて家に引きこもり、日がな一日、窓辺に座ってため息ばかりついていた。私はしばしば父を山に誘った。父は昔から登山が趣味で、私も幼いころから父に連れられ山に親しんでいた。自然の中に身を置けば、ふさいだ気持ちも少しは上向くのではないかと思ったのだ。でも父は力なく首を振るばかりで、腰を上げようとはしなかった。そして事件から半年ほど経《た》ったある日、父は自ら命を絶った。死に場所として選んだのは、毎年二人で初詣《はつもうで》に行っていた近くの神社だった。

——里江子へ。今までありがとう。幸せになってください。ごめんね。

たったこれだけの言葉を残して、父は私の人生から去った。

私は現実を受け入れるために、込み上げてくる悲しみや怒りを強引にねじ伏せようとした。でも上手くいかず、心の平衡を失った。眠れず食べられず、理由もなく涙が流れ、苛《いら》立《だ》った。仕事ではミスを連発し、人間関係も上手くいかなくなった。すべてリセットしようと市役所に辞表を出した。辞《や》めてからはどこにも出かけず、父がアトリエにしていた自宅の一室で絵ばかり描いていた。当初は一ヵ月程度休んだら就職活動をするつもりだった。しかし、あとひと月、もうひと月と延ばすうち、いつしか一年が過ぎていた。ある日、父の遺品を整理していたら古いスケッチブックが出てきた。最初のページは水芭蕉《みずばしょう》の水彩画で、〝RIEKO〟のサインがある。小学校一年生の夏休み、父と行った尾瀬ヶ原《おぜがはら》で描いたものだ。

並んで絵を描いていても、父はけっして私を指導しようとはしなかった。言うことはただ一つ。

――考えないで。ただ感じるままに手を動かすんだ。

水芭蕉の絵は稚拙《ちせつ》なものだった。しかし私の眼前に、描いたときの光景を想起させる力があった。見渡す限りの湿原、青空に映《は》える燧ケ岳《ひうちがたけ》。景色ばかりではない。野鳥のさえずり、朝霧の匂い、頬《ほお》に当たる風すら感じることができた。

これに比べて今の私の絵は、何も訴えかけては来ない。どれも技巧と理屈の産物。つまり父が最も嫌った絵だ。

私は、仕事を辞めてから描きためた絵をすべて処分した。そしてあくる日、スケッチブックを持って近郊の山へ出かけた。そこに初めて登ったのは私が一歳のとき。もちろん記憶はないけれど、父に背負われて頂上で撮ってもらった写真が残っている。標高は一〇〇〇メートルに満たないが、四季の花が楽しめ、その後も折に触れて父と足を運んだ馴染みの山だ。

登山口にある駐車場に車を停め、私は山頂を目指した。歩き出しこそ爽快だったが、登りにさしかかると動悸《どうき》は激しくなり全身から汗が噴き出した。太ももの筋肉が引きつり木の根や石に何度もつまずいた。足が止まりそうになるたびに自分を叱咤《しった》した。ガンバレ、ガンバレ。二時間ほどかけて頂上にたどり着いたときには息も絶え絶えだった。でも胸の内は高揚感で満たされていた。ひとけのない山頂でスケッチしている間もそれは続き、私は憑《つ》かれたようにコンテを走らせていた。

今になって振り返れば、あれが転機だった。人や社会と関わりたいという思いが体の内からわき起こり、将来のことにも目が向くようになった。もう三十路《みそじ》を過ぎていたので贅《ぜい》沢《たく》は言えないが、日々の糧《かて》を得るためだけに働きたくはなかった。希望は、誰かの役に立つ仕事。具体的に何をすべきか迷っていたとき、買い物帰りに立ち寄った書店で目に留まったのが、福祉系専門学校のポスターだった。

2

私なりに意欲を持って飛び込んだ介護業界だったが、〈楽寿苑〉に就職してからは、理想と現実のギャップに戸惑うことばかりだった。お役所が決めた規制や指針を四角四面に守っていたら、日々の業務が立ち行かなくなることは分かる。しかし〈楽寿苑〉の逸脱《いつだつ》は目に余るものがあった。所長はすべてを人手不足のせいにしたが、本当の理由は、介護を商売と割り切る親会社の無理な経費削減にあることは明らかだった。

「渋沢さん、悪いけど明日の夜はワンオペで頼むよ」

所長にそう告げられたとき、私は即座に、無理ですと言い返していた。

通常、三人態勢で行う夜勤を、ワンオペ、つまり一人でやれと言うのだ。しかも入社して二ヵ月にも満たない私に。

「ベテランが二人辞めて人繰《ひとぐ》りがつかないんだ。やってもらうしかないんだよ」

私がさらに不安を訴えると、所長は「徘徊《はいかい》する人は身体拘束《こうそく》。トイレ介助が必要な人にはオムツしとけ。ナースコールは、余裕があるときだけ対応すればいい」と言い放った。

〈楽寿苑〉のパンフレットに、〝二十四時間完全介護〟と謳われていることを、彼は忘れているようだ。

幸いその晩は特段の問題は起きなかったが、三人で行うルーティン業務をすべて一人でこなさなければならず、必要以上に気が張っていたこともあり、翌朝、日勤に引き継ぎを終えたとき、私は精も根も尽き果てていた。

その後も職員の補充はなく、ワンオペでの夜勤は常態化した。汚れたオムツは交換されず、ベッドに縛りつけられた人は、一晩中寝返りもうてなかった。ほとんどの職員は見て見ぬふりをしたが、私は、せめて自分が夜勤のときだけでも安らかに眠ってもらおうと努力した。でもしょせん一人でできることは限られている。勤務を終えた後に残るのは、徒労感と不甲斐《ふがい》ない自分への憤《いきどお》りだけだった。

さらにもう一つ、私の気持ちを暗くさせることがあった。例の〝お天気勝又さん〟だ。彼は、面会に来た家族に初めましてと挨拶《あいさつ》するほど認知機能が衰えていたが、私の顔だけは覚えていて、初対面のときから一貫して態度が変わらないのだ。私が話しかけても返事をしてくれないし目も合わそうとしない。あだ名のとおり彼は気分屋ではあったけれど、私以外の職員には普通に接しているので、なおさらつらかった。私の何が気に食わないのか、別の職員に頼んで彼に尋ねてもらったことがある。勝又さんはむっつりと押し黙っているだけで答えなかったそうだ。

その日もワンオペの夜勤で、私は深夜、事務所で日報を書いていた。ふと視線を感じて振り返ると、一〇センチほど開いたドアの隙間《すきま》から勝又さんがのぞき込んでいた。

私は笑顔を作り、努めて明るく訊いた。「どうかしたんですか」

返事はなかったが、いつもなら私が話しかけると逃げるようにどこかへ行ってしまう彼が、その場に留まっている。

私は立ち上がってドアを開けた。「何か、ご用でしょうか」

勝又さんは気まずげに視線を泳がせてから、ぼそりと言った。「どうして俺だと分かった?」

「はい?」

「あんた、俺に……、仕返しにきたんだろ」

「仕返し？　いいえ。私を誰かと勘違いなさってるんじゃないですか」

すると彼は突然、膝と両手を床について土下座を始めた。

「俺が悪かった。勘弁してくれ。このとおりだ」

「ちょっと、やめてください」

私がいくら言っても勝又さんは平身低頭するばかりで顔を上げようとしない。仕方なく腕をつかんで半ば強引に立たせると、彼は泣いていた。

「私の顔をよく見て。私は渋沢里江子。ここの職員です」

しかし彼の耳には届いていないようだった。涙と鼻水で顔をぐしょぐしょにし、私を拝《おが》むように胸の前で両手を合わせ、「ごめんよ。ごめんよ」と繰り返している。

薄々そうではないかと想像していたが、やはり彼は私を誰かと勘違いしていたのだ。泣いて詫びるなんて、その人によほどの負い目があるのだろう。勝又さんにとっては深刻な問題なのかもしれないが、私は自分に責任がないと分かり少しホッとした。

認知機能が衰えた人にも、当然、感情はある。自分のしたいことを止められたり、話を否定されたりすれば気分を害する。だから興奮している認知症患者を落ち着かせる最も効果的な対処法は、彼らの言動がどんなに支離滅裂《しりめつれつ》で荒唐無稽《こうとうむけい》なものであっても受け入れてやることだ。

「勝又さん。もう謝らなくていいわ。私、気にしてないから」

「ホントかい？」

「ええ、ホントよ」

「でも、あんた。俺に、仕返しにきたんだろ」

私は首を振った。「そんなこと考えてない」

「じゃあ、どうしてここにいるんだ」

「それは……、勝又さんと仲直りするためよ」

私は彼を椅子に座らせて、ティッシュで涙と鼻水を拭ってあげた。

「あんたが逮捕されたとき、警察に名乗り出ようと思った。だけど女房が入院してたからな。せがれ夫婦に看病を押し付けて自首なんかできなかったんだ」

「勝又さんにも事情があったのね」

「ホントに悪気はなかったんだよ」

「分かってる。もう怒ってないから、お部屋に帰って寝てください」

「いつ刑務所を出たんだい」

「去年かな」

「長いこと、苦労させちまったな。旦那さんはどうしてる。俺のこと、恨んでるだろうな」

「そんなことないわ。もう忘れようって、二人で話し合ったから」

「そうかい」勝又さんは安心した顔でうなずいた。「セキグチさんはどうかな」

「セキグチさん？」

「あの子の墓に、何度か墓参りにも行ったんだ。成仏してればいいんだけど」

「ちゃんとお墓参りしたんでしょ。だったら大丈夫よ」

「あの子の家に金も置いてきたんだ。三百万。こっそり夜中に行ってポストに入れてきたんだけど、受け取ってくれたかな」

「きっと受け取ってくれたわよ」

「そうか。少なくて申し訳ないけど、何か詫びをしなくちゃ、気持ちがおさまらなかったから……」

「さあ、もう寝ましょう。遅いから」

彼はうなずいて立ち上がった。

「やっぱり、思い切って謝ってよかったよ。あんたがここに来たときから、ずーっと迷ってたんだ」

勝又さんの表情は、来たときとは別人のように晴れ晴れしていた。

それから彼の私に接する態度はがらりと変わった。朝会えば「おはよう」と自分から挨拶し、「いつ見てもきれいだね。松坂慶子《まつざかけいこ》そっくりだ」などと軽口まで叩くようになった。

あまりの変貌《へんぼう》ぶりに、口さがない同僚の中には、深夜に特別なサービスをしたのではないかと噂する人もいたが、私は気にしなかった。われわれの仕事で大切なのは、被介護者と心を通わせることだ。

しかし喜んだのも束《つか》の間《ま》、しばらくすると勝又さんの態度は元に戻ってしまった。そしてまた夜中に事務所にやってきて、涙ながらに同じ告白と謝罪の言葉を口にするのだった。

そんなことが何度か繰り返されたある晩のこと、いつものごとく許しを請《こ》う彼に、私はふと、いたずら心を起こして尋ねてみた。

「私の名前、覚えてます？」

勝又さんは流れる涙を拭きながら、「ツキムラさんだよ」と答えた。

「下の名前は？」

「リツコさんだ」

これまで彼に聞かされた話を総合すると、セキグチという人が亡くなり、勝又さんはその件に関係していた。でも何らかの事情で逮捕を免《まぬが》れ、代わりにツキムラ・リツコなる人が刑務所に入った、ということらしい。

勝又さんを部屋まで送り届けた後、〝セキグチ〟と〝ツキムラ・リツコ〟という二つの名前をネット検索してみた。すると該当しそうなニュース記事がいくつかヒットした。

先月7日、S市内の山林で関口明美《せきぐちあけみ》さん（33）の遺体が発見された事件で、S署は19日午後、同市内在住の主婦、月村律子《つきむらりつこ》容疑者（33）を死体遺棄容疑で逮捕した。関口さんの殺害容疑についても調べている。S署によると、月村容疑者は容疑を否認しているという。

記事の日付は、五年前の九月になっていた。

〝月村律子〟と〝関口〟という名前が含まれているし、場所もS市だから、勝又さんが話していたのはこの事件と見て間違いなさそうだ。別の記事には、月村容疑者と被害者の関口さんは高校時代の同級生で、二人の間には金銭トラブルがあったと書かれている。月村容疑者は裁判で無罪を主張したが殺人と死体遺棄の罪で有罪となり、懲役十三年の刑が確定していた。

月村容疑者の写真は見つからなかった。私と似ているのだろうか？　いずれにせよ懲役十三年なら今も刑務所にいるはずだ。もっとも勝又さんに、そういう判断は難しいだろうけど。

入所者の名簿を見ると、勝又さんは昭和十二年生まれ、家族は息子さんが一人、奥さんはすでに亡くなっている。〈楽寿苑〉に入所したのは二年前の四月で、その際、担当者が息子さんから聞き取った面談記録によれば、勝又さんは認知症と診断されてからも自宅で暮らしていたが、次第に症状が悪化し、徘徊して何度か警察の世話にもなったため、〈楽寿苑〉に預けられたという。

勝又さんは、今も足腰だけはしっかりしているので目が離せなかった。彼が外に出たがる理由はいつも同じで、〝台風が近づいているから田んぼの様子を見に行く〟。これが、〝お天気勝又さん〟のもう一つの由来でもある。認知症になる前、彼は農業で生計を立てていたのだ。


次の夜勤の日、私はまた事務所で勝又さんと向き合っていた。

「関口明美さんは、どうして亡くなったの？」

勝又さんはうつむき、答えなかった。

当時の報道によれば、関口さんの遺体がS市郊外の山中で発見されたのは、五年前の八月七日のことだった。彼女は前月の七月二日から行方が分からなくなっていて、家族から警察に捜索願が出されていた。司法解剖の結果、死後約一ヵ月と判明した。つまり彼女は、失踪《しっそう》した直後に亡くなっていたことになる。夏場に野ざらしで遺棄されていた遺体は、発見時かなり腐敗が進んでおり、野生動物によって損壊もされていた。頭蓋骨に陥没《かんぼつ》骨折が見られたため、死因は頭部に強い衝撃を受けたことによるものと考えられた。

「私には知る権利があるはずよ。あなたの代わりに刑務所に入ったんだから」

やや語気を強めて言うと、勝又さんは重たい口を開いた。「あんとき、俺は少しうとうとしてた。ドンって音で目が覚めて、すぐにブレーキ踏んだけど、もう遅かったんだ」

「事故ってこと？」

「あわてちまって何も考えられなかった。ちょっと酒も飲んでたし……」

「あなたは、車で彼女を轢《ひ》いたのね？」

「組合のカラオケ大会があってね。たいして飲んでないんだ。焼酎を二、三杯。そんくらいなら、運転してもどうってことないんだよ」

「事故の後、彼女をどうしたの？」

「ホントに申し訳ないことしちまったよ」

「彼女を山に運んで捨てたって聞いたけど、そうなの？」

勝又さんは目を閉じて合掌《がっしょう》し、ナンマンダブ、ナンマンダブと唱えた。

会話が嚙《か》み合わずもどかしいが、彼も別にはぐらかそうとしているわけではない。質問の仕方を変えて、何度も同じことを訊くしかなかった。

「私も関口さんにお線香とお花を供えたいんだけど、どうすればいい？」

「墓は成願寺《じょうがんじ》だよ」

「お墓じゃなくて。勝又さんが、彼女を置いてきたところ。私はそこへお花を手向けたいの。だから、場所を教えてくれない？」

「七十六号の、三国峠《みくにとうげ》まで行く途中だ」

これは報道された遺体発見現場と一致していた。七十六号線は、S市から北に延びる県道で、三国峠は隣接する市との境にある。

「正確な場所、覚えてます?」

事務所のパソコンにグーグルマップを表示させると、勝又さんは立ち上がって画面に顔を近づけた。でもそこに映っているものが何か理解できないようで、焦点の合わぬ視線をさまよわせている。

「ここが三国峠で、この線が七十六号線よ」

画面を指さしながら説明すると、彼の目からまた涙がこぼれ落ちた。「あんな寂しいところに捨てちまって……。きっと俺のこと恨んでるだろうな」

3

関口益代《ますよ》さんは、ドアチェーンの長さ分だけドアを開け、その間からいぶかしげに私を見つめた。

七十代の半ばくらいに見えたが、もう少し若いのかもしれない。髪は真っ白で、血色の悪い肌にシワとシミが目立つ。落ちくぼんだ小さな目が気難しそうな印象を与えていた。

「失礼ですが、関口明美さんのお母様でしょうか」

「そうですけど、おたく、どなた？」

私は、作ったばかりの名刺を恐る恐る差し出した。

――フリーライター　渋沢里江子
益代さんが名刺を見ていたのは、ほんの数秒間だったろう。でも私にはすごく長く感じられた。偽造パスポートを使って入国審査でも受けているような気分だった。

「どういったご用？」

「実は、お嬢さんの事件について、お訊きしたいことがあるんです」

益代さんは眉を寄せた。「どうして今さらあの事件を？」

彼女の疑問はもっともだった。犯人とされた月村律子は有罪が確定して今は刑務所にいる。あの事件はもうマスコミに報じられることもないし、私がそうであったように、地元のS市民にすら忘れられている。

「私が寄稿している雑誌で、今度、『女の事件簿』という特集を組むことになりました。その中で、お嬢さんの事件を取り上げようと考えてます。思い出すのはおつらいでしょうけど、取材にご協力いただけないでしょうか」

益代さんは、再び私の名刺に目を落とした。そして少し迷うそぶりを見せてから、「どうぞ、汚いとこだけど」と言ってドアを開けてくれた。

彼女が暮らしていたのは古い市営団地だった。せまい和室の隅に置かれた仏壇には、夫と明美さんの位牌《いはい》が並んでいる。夫は明美さんが殺された前年に病で亡くなったという。

「娘のことを知らずに逝《い》った主人は幸せですよ。まったく長生きなんか、するもんじゃないね」

益代さんは、投げやりな口調でそう言うと、煙草をくわえて火を点けた。

「犯人の月村律子は、明美さんと同級生だったそうですね」

「高校三年のとき同じクラスだったの。就職してからも、よく二人であっちこっち旅行してた。なのに、あんなことするなんて……。ああいうロクデナシが死刑にならないから、いつまでも人殺しが減らないんだよ」

「お金のトラブルがあったとうかがいましたけど」

「月村に騙されて、インチキ臭い話にお金を出しちゃったのよ。明美は世間知らずだったから」

〝インチキ臭い話〟とは、ダイエット食品関連のマルチ商法だった。益代さんが見せてくれたパンフレットには、〝自宅にいながら高収入〟〝副業としても最適〟〝月々百万円も夢じゃない〟など、いかにもという文句が躍っていた。

明美さんは、保証金と商品代として、コツコツ貯めていた二百万円を月村律子に預けた。しかしいつまで待っても商品が届かなかったため解約と返金を求めたが、月村律子は言い訳するばかりで応じようとはしなかったという。

「あの晩は、今日こそ取り返してくると勇《いさ》んで月村に会いに出かけたんですよ。あんなことになると分かっていたら、ぜったいに一人では行かせなかったんだけどね」

益代さんは、掛けていたエプロンのすそで目頭《めがしら》を拭った。

五年前の七月二日、明美さんは仕事を終えた後、月村律子をファミレスに呼び出した。話し合いは二時間以上に及んだが、結局、明美さんはお金を取り戻すことはできなかった。二人が午後十時過ぎに店を出たことは、従業員の証言と防犯カメラの映像から明らかになっている。

「真夜中になっても帰ってこないから、私は心配になって、娘の携帯に電話したの。明け方まで何度も何度もね。月村の電話番号も娘から聞いてたんで、その日のうちにかけた。あの女、私も心当たりを探してみます、なんてしれっと言ったのよ。人の大事な娘を殺した上に、あんな山の中にゴミみたいに捨てておいて、まったく」

益代さんは捜索願を出したとき、月村律子のことを警察に話している。しかし警察は、その時点では事件性が低いと判断したのか積極的には動かなかった。遺体が発見されてからは捜査本部もできたが、逮捕まで一ヵ月以上かかっている。凶器などの物的証拠や有力な目撃証言が得られなかったからだ。

「裁判で無罪だと言い出したときは耳を疑ったわよ。しおらしい顔してたけど、あの女、全然、反省してなかったの」

任意の事情聴取では犯行を否認していた月村律子だったが、逮捕後にいったんは罪を認めた。しかし公判でまた否認に転じ、自白は刑事に無理強《じ》いされたものだと主張した。

「だいたい、やってもいない人殺しを自白する？　そんなことあるわけないじゃない。ねえ、そう思うでしょ」

涙ながらに同意を求められ、私は仕方なくうなずいたが、本心からではなかった。

父も、やってもいない痴漢を認めた。

認めれば罰金刑で済み、職場に知られることもない。だが否認し続ければ保釈はされず、裁判になってお前の人生は終わる。娘さんの将来にも響くんじゃないか？

そんな甘言《かんげん》と脅迫で、父は追い詰められた。自白を取るためなら、警察はどんな手だって使うのだ。

「ぜひ、お墓参りもさせていただきたいんですが、お墓はどちらに？」

「市内の成願寺よ」

勝又さんが言ったとおりだ。となれば、もう一つ、大事なことを確認しておかねばならない。

「つかぬことをうかがいますが、おたくの郵便受けに、現金が届けられたことはないですか」

益代さんは不審げに、「現金？」と訊き返した。

「ええ、三百万円。無記名の封筒に入れられて」

「いいえ。知らないわ」

即座に否定したが、益代さんの表情には、動揺がはっきりと表れていた。

三百万円の話も事実なのだ。益代さんの素振りから察するに、おそらく彼女は、そのお金を警察には届けず自分のものにしてしまったのだろう。勝又さんの話の信ぴょう性は、かなり高まったと言える。

益代さんは探るような上目づかいで、「誰か私に、お金を送ったと言ってる人でもいるの？」と訊いてきた。

「いいえ。私の勘違いだったようです。お気になさらないでください」

「そんな大金もらったら、忘れるわけないでしょ」

彼女はそう言って、ひきつった笑みを浮かべた。


益代さんの家を後にして、近くのコインパーキングに停めた車に乗り込んだとき、私の心は安堵感《あんどかん》と、それをはるかに凌《しの》ぐ達成感で満たされていた。

やったわ！　私だって、やればできるのよ。

これまで事件について自分なりに調べ知識を蓄《たくわ》えてきた。でもそれは、図書館で過去の新聞の記事を閲覧したり、ネット検索したりして得られた二次情報にすぎなかった。事件の当事者に直接取材したのは初めてだ。

益代さんに会う前は、不安の方が大きかった。ライターとして実績のない私の取材に応じてくれるだろうか。そもそも勝又さんの話はでたらめかもしれない。

それでも勇気を奮《ふる》い起こして会いに来たのは、このまま見過ごすことはできないと思ったからだ。勝又さんの話が本当なら、れっきとした冤罪《えんざい》事件だ。真実を明らかにして、無実の罪で収監されている月村律子を救い出さねばならない。

私がそこまで責任を感じることはないのかもしれないけれど、高校生のときに芽生えた、ジャーナリストになって社会の不正を糺《ただ》したいという情熱は、三十路を過ぎた今も私の心に残っていた。

警察を頼ることは、はなから考えなかった。彼らは自分たちの過ちをけっして認めない。それは父の件で思い知らされている。通報したところで、認知症患者の言うことだからと一蹴《いっしゅう》されるに決まってる。

益代さんからは思いがけず月村律子の住所を訊きだすこともできた。一審の裁判が始まったころ、律子の夫から警察を通じて益代さんに手紙が届いたという。妻が明美さんから預かったお金を返したいので振込先を教えてほしいとの趣旨だった。益代さんが口座番号を伝えると、間もなくお金が全額振り込まれた。彼女は保管していたその手紙を私に見せてくれた。端正な手書きで綴《つづ》られた文面には、明美さんが亡くなったことについて、〝心よりお悔やみ申し上げます〞とあるだけで、裁判が進行中だったためか謝罪の言葉はなかった。

あくる日の夕方、私は律子の夫の手紙に書かれていた住所を訪ねた。そこは十年ほど前に分譲された新興住宅地で、整然と割られた区画に、似たような新建材の家々が立ち並んでいた。目指す番地はすぐに見つかったが、その家の表札は「月村」ではなかった。引っ越したのだろうか。インタフォンを押したが返事はなかったので、近所を回ってみることにした。

二軒先の家で、庭にいた初老の男性に声をかけると、私が女性だからか、怪しむこともなく知っていることを教えてくれた。月村律子の夫、三樹夫《みきお》は、銀行員で、妻が逮捕されて間もなく自宅を売却しどこかへ引っ越していったという。

「転居先はご存じないですか」

「さあ、聞いてないな。でも何ヵ月か前に三樹夫さんと道でばったり会ってね。なんでも、バーをやってるとか言ってたな。銀行は辞めたそうだよ。やっぱり居づらかったんだろうね。そのとき名刺をもらったから見せてあげようか」

「お願いします」

おっかなびっくり始めた取材だったが、思いのほかとんとん拍子に進んだので、自信がついてきた。ジャーナリストとしての訓練なんか受けていなくても、当たって砕けろの精神でぶつかればどうにかなる。真実を追究しようという意思さえあれば道は通じるのだ。

月村三樹夫が経営するバー〈セロー〉は、駅前の繁華街から外れた細い路地にあった。ドアに小さなネームプレートがあるだけで看板は出ておらず、窓もないので店内の様子もうかがえない。知る人ぞ知るといった雰囲気が漂《ただよ》っていて、職場の飲み会で大衆居酒屋しか入ったことのない私には、敷居が高そうな店だった。

意を決してドアを開けると、まだ早い時間のせいか客はいなかった。マスターらしき男性が一人、カウンターの奥で本を読んでいた。店内は壁も床も板張りのロッジ風の造りで、ランプの形をした照明が淡い光を放っている。都会的なおしゃれで気取った店ではないようなので少しホッとした。

テーブル席はなく、カウンターに十脚ほどスツールが並んでいた。腰を下ろすと、マスターが「何にしましょう？」と訊いてきた。

「ジントニックを、お願いします」

彼は笑みを浮かべ、「承知しました」と応じた。

この人が月村三樹夫だろうか。歳は四十前後。細身で背が高く、長髪を後ろで束《たば》ね、短いあごひげを蓄えている。元銀行マンには見えないが、水商売特有の擦れた感じもない。

彼は私の前にジントニックを置くと、少し離れてグラスを拭き始めた。話し相手が欲しければいつでも声をかけてくださいというメッセージは、こうした店に不慣れな私でも読み取れた。

すでに会話の糸口は見つけてあった。

私はボトルラックの横にかけられた、白い花のスチール写真を指さして「あれ、マスターが撮られたんですか」と訊いた。

「ええ。そうです」

「キタダケソウですよね」

マスターは、やや意外そうな顔で、「山、お好きなんですか」と訊いた。

「ええ、まあ……。休みの日に、近くの低い山へ行く程度ですけど」

「でも、あの花をご存じってことは、北岳《きただけ》にも登られたんでしょう」

「十年以上前に一度だけ」

北岳は南アルプスの北部に位置する日本第二位の高峰だ。キタダケソウは名前が示すとおり北岳の固有種で、標高三一九三メートルの山頂付近にのみ自生している。開花時期は梅雨《つゆ》と重なるので、私と父が登ったときも、二日間、ずっと悪天候だった。

そのときの話をすると、マスターもキタダケソウが好きで、北岳には十回以上も登っているという。彼はかなりの山好きらしく、海外の山まで踏破《とうは》していた。二十代のころは体力にあかせ、ひたすら頂《いただき》を目指すだけだったが、次第に山岳写真に興味が移り、ここ数年は撮影だけで山頂を踏まずに帰ってくることも珍しくないとのことだった。

私は、初対面の人とすぐに打ち解けるタイプではない。話しぶりから推察すると、マスターも饒舌《じょうぜつ》な方ではなさそうだった。でも同じ趣味を持つ者同士、イチオシの御来光《ごらいこう》スポットから愛用の山道具、山小屋のグルメ情報まで話題には事欠かなかった。山の話に興じているうち、いつしか時間が過ぎていて、若いサラリーマンの三人組が店に入ってくるまで、私は本来の目的をすっかり忘れていた。そもそも彼が月村三樹夫なのかどうかすらまだ確認していない。仮にそうだったとしても、他の客がいる前で取材に応じてくれるはずもなかった。何しろ彼は、加害者の、いや、世間に加害者だと思われている人の夫なのだから。

私は出直すことにし、ごちそうさまでしたと言って席を立った。すると彼が、ポストカードのようなものを差し出した。

「今度の土日、山岳写真の同好会仲間と展覧会を開くんです。もしよかったら来てください」

カードは案内状だった。私はそれを受け取りながら、「都合がついたら、行かせていただきます」と答えた。

展覧会が行われていたのは、市民文化センターの三階にある、普段は会議やセミナー向けに貸し出されている一室だった。私が着いたのは日曜の午後の早い時間で、小雨まじりの天気にもかかわらず多くの人が訪れていた。まず入口で記帳を済ませてから会場内を見渡した。まだ来ていないのか、彼の姿はなかった。

壁に並んでいる作品は、サイズも多様でカラーもモノクロもある。ただ山岳写真の同好会だけに、被写体の大半は、山や高山植物、野生動物のいずれかだった。

奥の方の壁にかけられた一枚に目が留まり、私の足は自ずとそちらに向いていた。それは北アルプスの燕岳《つばくろだけ》を写したもので、青空を背景に、雪を頂く峰が赤く輝いている。

私がこの写真に魅かれたのは、父が遺《のこ》した作品の中に、やはりモルゲンロートに染まる冬の燕岳の油絵があるからだ。モルゲンロートとは、山の稜線《りょうせん》が朝日《ひ》を受けて赤く映える現象のことで、写真の撮影者は父と感性が似ているのか、切り取られた構図までそっくり重なっている。

「来てくれたんですね」

背後から声をかけられて振り向くと、彼が立っていた。

「こんにちは。ご盛況みたいですね」

「いやあ、会員の身内とか知り合いばかりで、一般の人なんか、ほとんどいないんですよ」と、彼は苦笑し、私が見ていた写真を指さした。「これ、僕のです」

私は驚いて写真に目を戻した。タイトルラベルの『払暁《ふつぎょう》』という題の下に〝月村三樹夫〟とある。やはり彼が月村律子の夫だったのだ。

「燕岳には行かれたことは？」

「あります。私が登ったのは夏ですけど」

燕岳に行ったのは、小学校五年生の夏だ。稜線に立つ小屋に泊まり、翌朝見たモルゲンロートの美しさは、父が淹《い》れてくれたホットココアの味とともに記憶に残っている。

「出品作を決めるとき、かなり迷ったんです。燕岳のモルゲンロートなんて、あまりに月並みですからね。でもすごく気に入ってるんで、結局これにしました」

「会心の作なんですね」

「と、言いたいところなんですが、まぐれ当たりみたいなもんです。これを撮ったとき寝坊しちゃいましてね。テントから出たら、もう山肌が真っ赤に燃えてて、あわててカメラを引っ張り出してシャッターを押したんです。だけど案外、待ち構えて撮るより、そういうときの方が出来がいいんですよね」

私にも覚えがある。さあ描くぞと意気込んで筆を執ったときより、ノートの隅になにげなく描き始めたスケッチが、大切な一枚になることがあるのだ。

——考えないで。ただ感じるままに手を動かすんだ。

父が教えてくれたことは、絵に限らず、すべての表現手段に当てはまるのかもしれない。

「僕は三時から受付に立つんですが、それまで時間が空いてるんで、よろしければ、お茶でもいかがです？」

　私がすぐに返事をしなかったので、彼は、「やっぱり、お忙しいですよね。すみません」と詫びた。

「いいえ。用事はありませんから。喜んで」


　私たちは文化センターの向かいにあるカフェに入った。セルフ式のチェーン店ではなく、昔ながらの喫茶店というおもむきの店だ。席に着くと、三樹夫さんはまず、「申し遅れましたが、月村といいます」と自己紹介した。私も自分の名前を言ってから、少し躊躇《ちゅうちょ》したけれど、介護関係の仕事に就きながらライターとしても活動していること。そして今、彼の奥さんの事件について取材していることを打ち明けた。

　怒って席を立たれることも半ば覚悟していた。しかし彼は気分を害した様子もなく、

「そうだったんですか」と、それまでと変わらぬ口調で言った。

「先日お店にうかがったときに、取材であることをお伝えすべきだったんですけど、月村さんのお話が面白くて、つい言いそびれてしまったんです。ごめんなさい」

「僕の方こそ、そうとは知らずに関係ない話をダラダラしちゃって、失礼しました」

　皮肉や嫌味ではなく、彼は本心から恐縮しているようだったので、私はなおさら気まず

さを感じた。

でも三樹夫さんに、奥さんの事件を取材している理由を訊かれたときには、本当のことは言えなかった。

「奥さんは、裁判でずっと無罪を主張されていたんですよね。それを最近になってネットで知って、関心を持ちました」

「でも、否認している人なんて大勢いるでしょう」

「身近で起きた事件ですし、うちの父のこともありましたので」

私は父が冤罪で逮捕されたことや、それが遠因となって自殺したことを話した。

「正直、私の中には、まだ警察に対する不信感というか、わだかまりがあるんです。もちろん、父のことと奥さんの件が全然別であることは承知してます。でも奥さんの場合も、自白以外、証拠は何もなかったそうですね」

「ええ。しかし警察は、最初から家内を疑ってました」

月村律子は事情聴取で、明美さんと失踪当日に会っていたことは認めたものの、ファミレスの前で午後十時ごろに別れ、その後は真っ直ぐ自宅に戻り十二時ごろに就寝したと供述している。しかしそれを証言できる人間はいなかった。三樹夫さんはその晩、残業で遅くなり、帰宅したのは日付が変わった午前二時過ぎだったからだ。

被害者と最後に接触し、アリバイがなく、おまけに金銭トラブルも抱えていた律子を、警察が疑うのは無理もなかった。ただ三樹夫さんによれば、警察の彼女に対する扱いは、あまりにひどかったという。

「家内は憔悴《しょうすい》し切ってました。無理もないですよ。毎日長時間、せまい取調室に閉じ込められて、怒鳴られたり、耳元で繰り返し〝人殺し〟とささやかれたりするんだから。金銭トラブルと言っても、関口さんとは、うちで全額立て替えて返済するということで話がついていたんです。僕も了解していましたし、家内に殺す動機なんかないんですよ」

マルチ商法には、律子自身も出資しており、ある意味、彼女も被害者だった。その詐欺《さぎ》会社の社長は雲隠れしたため、結局、一銭も戻ってこなかったが、三樹夫さんは、妻が明美さんを誘ったことに責任を感じ自腹を切って返済したのだという。

「僕は一度だけ、家内に面と向かって問い質《ただ》したことがあるんです。お前は関係ないんだな、と。彼女は、あなたまで私を疑うのかとひどく怒って、しまいには泣き出しました。十年以上連れ添った夫として断言できますが、あれはぜったいに演技じゃなかった」

しかし警察は、物的証拠がないにもかかわらず、いやそれゆえに、連日十時間以上に及ぶ取り調べで律子を追い込んでいった。

「家内は耐えきれなくなり、楽になろうとして認めてしまった。裁判所で無実を訴えれば分かってもらえると考えたようです。でも、そんなに甘くはなかった」

それまであまり感情を表に出さなかった彼が、口惜《くや》しそうに唇を噛んだ。

自白偏重の捜査による、典型的な冤罪事例だ。冤罪被害者の多くは、彼女のように裁判に最後の希望を託すが、刑事被告人が無罪を勝ち取れる率は一パーセントにも満たない。

「奥さんとは会ってらっしゃるんですか」

「ええ。月に一度は面会に行きますし、手紙でやり取りもしています」

「どんなご様子です？」

「刑務所に入ったばかりのころは感情的になることもありましたけど、今は、あきらめの境地に入ったようにも見えます」

彼はそう言うと窓の外に目をやり、深いため息をついた。

4

〈楽寿園〉の休憩室で昼食をとっていると、同僚の丹波《たんば》さんが話しかけてきた。

「このあいだの夜勤のときにね、三〇二号室の勝又さんが事務所に来て、変なこと言うのよ」

私は内心ドキリとしたが、平静を装って、「変なことって？」と尋ねた。

丹波さんは視線を気にするように左右を見てから、声を落とした。

「人を殺したことがある、って」

丹波さんは、二週間ほど前に〈楽寿苑〉に採用されたばかりの新人だ。ただ彼女は別の施設で四年の経験があったので、すでにワンオペでの夜勤も任されている。四十代以上が中心の職員の中で、三十代は彼女と私だけ、しかも同い歳ということもあり、丹波さんは私の顔を見れば親しげに話しかけてくるが、私の方は、他人の噂話や悪口が好きな彼女のことが苦手だった。

「勝又さんは認知症なのよ」

「そんなの私も知ってるわよ。だから最初は適当にあしらってたんだけど、言うことが妙に具体的なのよね。私を誰かと勘違いしてるみたいで、〝申し訳なかった〟って何度も謝るの。涙ぽろぽろ流しながら」

私と丹波さんの顔は全然似ていない。たぶん勝又さんは、私たちぐらいの年齢の女性は、すべて月村律子さんに見えるのだ。

「念のために、所長に伝えた方がいいかな?」

「どうかしら」私はあいまいに答えた。

「聞き流せばいいのかもしれないけど、なんだか気味が悪くて」

次の夜勤の日、私は勝又さんの部屋を訪れた。彼はベッドの上で膝を抱えて座り、テレビを見ていた。

「勝又さん、このあいだ丹波さんに、事故のこと話したでしょ」

彼は何を言われたか分からない様子で、ぽかんと口を開けて私を見ている。脳内スイッチが、オフになっているときの表情だ。

「私が誰か分かる？」

勝又さんは首をかしげた。

「月村律子よ。忘れちゃったの？」

「……………」

「あなた五年前に、事故を起こしたでしょ。そのとき、あなたの代わりに逮捕されたのが、私」

そう言って自分を指さすと、スイッチが入ったのか、彼の表情がパッと明るくなり、目に力が宿った。「あー、そうだ。あの子はどうした。もう良くなったのかい？」

「〝あの子〟って？」

「血が出てたろ。頭から」

「もしかして、関口さんのこと？」

「赤いシマシマの服を着た子だ。病院に連れてってたんだろ」

「関口さんなら亡くなったわ」

「ああ、そうかい。そりゃ、かわいそうなことしたな」

「彼女を車で轢いたのは、あなたなのよ」

「死んじゃったのか。まだ若かったのになあ。人生、一寸先は闇だね」

まるで他人事《ひとごと》だ。

「勝又さん、私の話を聞いて」私は子供に諭《さと》すように言った。「刑務所に行きたい？」

「刑務所なんか、行きたくねぇな」

「でしょ。だったら、あの事故のことは誰にも話しちゃダメ。もし人に知られたら、刑務所に入れられちゃうわよ」

もちろん私は、彼をかばおうとしたわけではない。

女性比率が高い介護現場では、噂話はインターネット並みの速さで拡散する。〝勝又さんは人殺しだ〟。そんな噂が巡り巡って家族の耳に入ればトラブルになりかねない。こうした施設では、入所者本人より、むしろ家族との関係に気を遣う。クレームだけで済めばいいが、私が心配したのは、勝又さんが別の老人ホームに移されてしまうことだった。彼は今、〝赤いシマシマの服を着た子〟という新事実を口にした。それが関口明美さんのことなのかは定かでないけれど、今後も何かの拍子に大事なことを思い出すかもしれない。

「いいわね、勝又さん。事故のことは黙ってるのよ」

念を押すと、彼はこっくりとうなずいたが、関心はもうテレビに戻っているようだった。

翌朝、勤務を終えるとすぐに、私は関口益代さんに電話をした。明美さんの失踪時の服装を尋ねると、案の定、赤いボーダー柄のカットソーを着ていたという。〝赤いシマシマの服を着た子〟とは、彼女のことだったのだ。念のために、家に帰ってこれまで集めた資料――新聞や雑誌のコピー、ネットの記事のプリントアウト――に目を通した。当時の報道で、明美さんの服装について触れたものはなかった。犯人しか知りえない事実とまでは言えないけれど、五年前の七月二日の夜、明美さんと接点があったことを示す証拠だ。

私は、体に力がみなぎるのを感じた。

三樹夫さんには、勝又さんのことを話そう。互いに持っている情報を出し合って協力すれば、そう遠くない時期に律子さんの潔白は証明できるはず!

私はその晩、張り切って〈セロー〉に出かけた。でも店の入口には、〝CLOSED〟のプレートがかけられていた。定休日ではないし、貸し切りだろうか。ドアを開けて中をのぞくと、三樹夫さんがカウンターに突っ伏していた。傍らにウィスキーのボトルと空のグラスがある。

戸口から「こんばんは」と声をかけた。

すると彼は、ビクッと体を震わせ、はじかれたように上体を起こした。「ああ……。すみません。今日は、お休みにしようと思ってるんです」

目が真っ赤に充血している。それがウィスキーのせいだけでないことは、一目で察しがついた。

「どうかしました？」遠慮がちに尋ねた。

彼は恥じ入るようにうつむき、手でまぶたを拭った。そしてグラスをつかむと、「もしよければ、少しつき合ってもらえませんか」と言った。

彼の隣のスツールに座り、作ってもらったジントニックを飲み始めたものの、私は勝又さんの話を切り出してよいものか測《はか》りかねていた。三樹夫さんはいつになく深刻な表情で、自分の中に閉じこもっている。

互いに無言でグラスを傾けていると、彼がおもむろに口を開いた。

「家内が自殺しました」

私は驚いて彼を見た。

「幸い、看守にすぐに見つかって未遂に終わったそうです」

「そうですか……。よかった」

「僕のせいなんです」

「奥さんを助けてあげられないことを気に病んでらっしゃるなら――」

「そうじゃない」と彼は遮った。「僕の家内に対する気持ちは、とっくに冷めてるんです。

彼女もそれに気づいてる。だから、駄々っ子みたいに気を引こうとして、あんなことを……。彼女は、本気で死ぬ気なんてないんだ。僕をつなぎ留めておくための演技なんですよ」

額には血管が浮き、目には怒りがたぎっていた。これほど感情をむき出しにする彼を見るのは初めてだった。

「刑務所にいる家内を、この先、何年も支え続ける自信が僕にはありません。かと言って、見捨てることもできない。どうしたらいいのか、考えると頭がおかしくなりそうなんですよ」彼は天を仰ぐと、フッと自嘲《じちょう》気味の笑みを漏らした。「女房が苦しんでるときに、酒飲んで、くだを巻くなんて、夫として最低ですよね。軽蔑《けいべつ》してください」

私は首を振った。

いいえ、軽蔑なんかしないわ。それどころか、彼が本音を吐露《とろ》してくれたことが、心を開いてくれたことが、私は嬉しかった。

父が亡くなる二日前のことだ。父は深夜に、まともに歩けないほど酔って帰宅した。私は肩を貸そうとしたが、父は私の手を払いのけてアトリエに閉じこもった。しばらくしてドア越しに聞こえてきた「チクショウ」という怒鳴り声と、物をぶつける音。初めて見る父の酔態《すいたい》に、私はただオロオロすることしかできなかった。

私は父に寄り添っているつもりだった。でも父は、怒りや苦しみを一人で抱え込んで逝ってしまった。父にとって私は、恃《たの》むに足らない娘だったのだ。

三樹夫さんは拳を固く握りしめ、何度も太ももに打ちつけた。まるで奥さんを憎む自分を罰するかのように。

私は彼の手首をつかんで、やめさせた。「あなたは悪くないわ」

三樹夫さんは激しくかぶりを振ってカウンターに突っ伏すと、嗚咽《おえつ》した。私はその背中をさすりながら、心の中で繰り返した。

あなたは悪くない。

5

午前二時。勝又さんはベッドで寝息を立てていた。毛布の上から体を揺すると、まぶたを開けて、とろんとした目で私を見上げた。

彼の瞳に今日の私はどう映っているのだろう。〈楽寿苑〉のスタッフ、それとも月村律子？

どちらにせよ私を相手にするつもりはないらしく、勝又さんは何も言わずに目を閉じた。

「勝又さん。大事な話があるの。起きて」

私は、背中とマットレスの間に手を入れて、彼を起こした。

「私と約束したこと覚えてる？」

彼は、むにゃむにゃと、口の中で何やらつぶやいた。

「あの事故のことは誰にも言わないって約束したわよね。でもあなた、また丹波さんにしゃべったでしょ」

彼女にその話を聞かされたのは、昨日の夕方、私が出勤したときだった。日勤だった丹波さんは、私の顔を見るなり駆け寄ってきて、スマホの画面を見せた。

「例の勝又さん。この前の夜勤のとき、また事務所にやってきて、いきなり土下座を始めたのよ。わんわん泣いてるから話を聞いてあげたら、どうやら私を、〝月村律子〟って人と勘違いしているみたいなの。で、面白半分にその名前を検索してみたら、ジャジャーン。このとおり」

彼女のスマホの画面には、月村律子の逮捕を報じた五年前のニュース記事が表示されていた。

得意げな彼女に、私は冷ややかに言った。

「その話なら私も聞かされた。なんとかって女性を殺したのは自分だって言うんでしょ。実は私も気になったんで、面会に来た息子さんにそれとなく尋ねてみたの。息子さんの話では、勝又さん、認知症の症状がでだしたころから、どうしたわけか自分を殺人犯だと思い込むようになって、家族やご近所にそう言い触らしてたそうよ。父の話を真《ま》に受けないださいって、息子さん、笑ってたわ」

丹波さんはニヤリと笑った。「もしかしたら、息子さんもグルなのかもよ。次の夜勤のとき、勝又さんにもうちょっと突っ込んでみるわ」

「認知症の人を、あおっちゃダメよ。もし何か問題を起こしたら、あなたが責任を問われるわよ」

でも丹波さんは、まるで意に介さず、あっけらかんと言った。

「平気、平気。何か分かったら、また報告するわね」

勝又さんは、上半身を起こしたまま、うつらうつらし始めている。

「田んぼの様子を見に行った方がいいんじゃない？　台風が来るらしいわよ」

耳元でそう言うと、とたんに彼の目がぱっちりと開いた。「えっ。台風！」

「かなり大型ですって」

彼は「そりゃ、大変だ」と言い、床にあったスリッパに足を入れた。

「こっちよ」

私はドアに向かおうとした彼の手をつかんで、ベランダに連れ出した。

「ほら見て、川の水があんなに増えてる」

私が、ありもしない川を指さすと、勝又さんはベランダから身を乗り出した。

事情聴取に来た刑事は、メモを取りながら所長の話に耳を傾けていた。

「勝又さんは認知症でして、昼夜を問わず外に出ようとするんで注意はしてたんですが、なにぶん真夜中のことで目が行き届きませんでした」

「ベランダの柵《さく》を乗り越えられる体力はあったんですか」刑事は訊いた。

「以前は農業をしておられたんで、小柄な方でしたが足は達者でした。身体拘束すれば管理する上では楽なんですが、私どもは、入所者様に快適に暮らしていただくことを最優先にしておりますので」

所長は、いけしゃあしゃあと言った。刑事が来る前、どうしてベッドに縛りつけておかなかったんだと、すごい剣幕で私を怒鳴りつけたことなど忘れたかのように。

勝又さんを見つけたのは、朝刊を届けに来た新聞配達の人だった。最初は酔っぱらいが寝ているのかと思ったが、近づいてみると、頭が割れて脳みそが一部飛び出していたそうだ。

「部屋にカメラはなかったんですね」

「入所者様のプライバシーを尊重して、一階のロビーと駐車場にしか設置してないんですよ」

二人のやり取りを、私はどこか上の空で聞いていた。あらかじめ所長から、余計なことはいっさいしゃべるな、君が口を開いていいのは刑事に質問されたときだけだ、と釘を刺されていた。

それに私自身、いくら記憶をたぐっても、ベランダでしたことをはっきりとは思い出せなかった。きっとわれ知らず、父の教えを実践していたのだろう。

――考えないで。ただ感じるままに手を動かすんだ。

三樹夫さんは、助けを必要としている。奥さん以上に。

今晩、彼を自宅に招いて夕食を振る舞うことになっている。料理は得意だけれど、律子さんが刑務所を出てくるまであと八年もある。もう少しレパートリーを増やす必要がありそうだ。

天誅

1

「野郎、また更新しやがった」

山田《やまだ》巡査部長がパソコンの画面をにらみながら言った。

私は、淹れたばかりのお茶を彼の机に置きながら、「〝アキラ〟ですか」と尋ねた。

山田さんは眉間《みけん》にしわを寄せ、無言でうなずいた。

彼の肩越しに画面をのぞき込むと、そこには全裸の少女の画像が並んでいた。いずれも顔や下半身にはモザイクがかけられているが、髪型や体つきなどから同じ少女を撮影したものだと分かる。年齢は十歳くらいだろう。少女は立ったりしゃがんだり様々なポーズをとらされていた。彼女の背後には撮影用スクリーンが下ろされているため、場所を特定できそうな手がかりは映り込んでいない。

画像の下には、

うちの娘です。興味のある方、ご連絡ください。

ＤＶＤ（動画、静止画、モザイクなし）お譲りします。

ポーズやコスチュームのご要望にも対応可能です。

アキラ

というメッセージと、連絡用のメールアドレスが載せられている。

「つたく、クズ野郎がっ」

山田さんは憤懣《ふんまん》やるかたないといった様子で吐き捨てた。

私が所属する少年育成課児童ポルノサイト特捜班が、このサイトに気づいたのは先週のことだった。以来、数ある児童ポルノサイトの中でも、最優先捜査対象として調べを進めてきたが、今のところまだ、アキラを名乗るサイト運営者の尻尾《しっぽ》はつかめていない。

「アキラか？」

背後から声をかけられて振り返ると、いつの間に来たのか、渡瀬《わたせ》さんが立っていた。

彼は五十歳の巡査部長で、特捜班一のベテランだ。過去に捜査一課に在籍していたこともあり、同僚はむろんのこと上司からも一目置かれている。

刑事になって二年、特捜班に配属されて一ヵ月の新米の私にとっても、渡瀬さんは目標にすべき先輩だった。

「アキラからメールは？」

渡瀬さんに訊かれ、私は「いいえ。まだです」と答えた。

特捜班は一昨日、客を装ってアキラにメールを送っていた。買い受け捜査といって、海賊版のソフトや薬物売買の捜査でも行われる、いわゆるおとり捜査だ。だがアキラはサイトは更新するものの、いまだ返事をよこさなかった。

「マジで自分の娘なんじゃねぇか」山田さんが言った。

アキラがこれまでサイトにアップした画像は、すべてこの少女を撮影したものだった。それだけで娘とは断定できないが、少なくとも少女は、〝ポーズやコスチュームのご要望にも対応可〟という謳い文句が事実なら、少なくとも少女は、アキラの支配下にあると考えられる。特捜班が本件を最優先捜査対象にしたのは、児童ポルノ販売だけでなく児童虐待事案の可能性が高く、一刻も早く少女を救い出す必要性があったからだ。

2

小宮《こみや》巡査は鼻クソをほじりながら、裸の女の人がいっぱい載っている雑誌を見ている。

ボクの話を全然聞いていないみたいだ。

「由美《ゆみ》ちゃんのお父さんを捕まえてよっ！」

大声を出したら、小宮巡査はあくびをして、首の骨をぽきぽき鳴らした。

「警察はな、理由もなく人を捕まえたりしないんだ」

「由美ちゃんのお父さんは悪い奴なんだ」

「だからどう悪いんだよ」

それは言えなかった。誰にもしゃべらないと、約束したからだ。

由美ちゃんは、同じマンションに住んでいる同級生だ。

その由美ちゃんが、ボクに言った。

――助けて。

ボクはびっくりして、何があったのか訊いた。

――お父さんが、いやらしいことするの。でも、誰にも言わないで。

由美ちゃんの目から、涙が落ちた。

お母さんがいないときに、変な写真を撮ったり、体に触ったりするらしい。

なんとかしてあげたいけど、ボクにはどうしていいか分からなかった。交番に来たのは、小宮巡査なら、きっと由美ちゃんを助けてくれると思ったからだ。

小宮巡査は、ダメっぽく見えるけど、ホントは頼りになる人だ。

去年の夏休み、ボクは買ってもらったばかりのニンテンドースイッチを、不良の中学生に取り上げられた。でも交番に来て小宮巡査に話したら、すぐに取り返してきてくれた。

そのとき小宮巡査は、ボクにこう言ってくれたんだ。

「この街を裏で仕切っているのは俺だ。ボウズ、困ったことがあったらいつでも相談に来い」

小宮巡査がダメっぽく見せているのは、目立っちゃいけないからだ。正義の味方は、正体を隠すものなんだ。

「ねぇ、由美ちゃんのお父さんを逮捕してよ」

いくら小宮巡査でも、話すわけにはいかない。約束は約束だ。

「だから理由は？」

「とにかく、悪い奴なんだよ」

「なら学校の先生に相談してみろ。世の中には由美ちゃんのお父さんより、もっと悪い奴がいっぱいいるからな。お巡りさんは、忙しいんだ」

「でも雑誌を読んでるじゃないか」

「これは捜査資料と言って、犯人が現場に残していった重要な手がかりなんだよ。分かったら、もう家に帰って寝ろ。暗くなるぞ」

小宮巡査はそう言って、また裸の写真が載った雑誌をぺらぺらめくり始めた。

忙しいならしょうがないけど、巡査の捜査が終わるまで待っていたら、由美ちゃんはもっとひどい目に遭うかもしれない。

ボクは家に向かって歩きながら、何かできることがないか考えた。

3

ネットカフェ〈ドリーム〉は、JR中野《なかの》駅近くの雑居ビルにあった。私と渡瀬さんがそこを訪れたとき、あいにくビルのエレベーターは点検中で使えなかった。作業員に尋ねると、あと三十分ほどで終わるという。私は渡瀬さんに、出直しましょうと提案した。彼は左足に障害があり、金属製の装具を付けている。〈ドリーム〉のある五階まで階段で上がるのは大変だろうと思ったのだ。しかし渡瀬さんは、余計な気をまわすなという目で私を一瞥《いちべつ》し、階段に向かった。

彼の左足は、捜査中に負った大ケガがもとで不自由になったらしいが、渡瀬さんは自分のことについてほとんど語らないので、詳しい経緯は分からない。自身についてだけでなく、彼は新人の私に対して、小言や指導めいたことも口にしなかった。私は当初、嫌われているのかと思ったが、山田さんによれば、それが彼のいつもの遣り方なのだという。仕事は見て覚えろという職人気質《かたぎ》の人なのだ。

〈ドリーム〉は、ネットカフェ難民相手の簡易宿泊所といった感じの店ではなく、内装はモダンなオフィスを思わせ、オープン席のソファでは、パソコンを使うビジネスマンやファッション誌を読む女性客の姿も目についた。

違法なサイトや掲示板は、サーバー管理会社やネット接続業者に協力してもらうことで、アクセスした場所や日時がほぼ特定できる。アキラは、自らのサイトが置いてあるサーバーにアクセスするとき、必ずネットカフェを使っていた。利用する店は数軒あるが、いずれも中野駅の周辺で、時間も平日の夜に限られていたため、中野に通勤か通学している者ではないかとわれわれは推測していた。

〈ドリーム〉の事務所で防犯カメラの映像を見せてもらうと、問題の日時の店内は、予想以上に混雑していた。アキラが利用する他の店の防犯カメラ映像と突き合わせ、共通して映っている人間を洗い出すつもりだったが、これだけ多いと苦労しそうだ。しかも画質が悪く、カメラから少し距離があると個人識別が難しい。

「この映像だけで、アキラを特定するのは無理そうですね」

私がそう声をかけても、渡瀬さんは口を真一文字に結び、じっと画面をにらんでいるだけだった。

そのとき、横で一緒に見ていた〈ドリーム〉の店長が、「あっ」と声を上げた。

「何か？」私は訊いた。

「ええ、さっきのお客さん」

店長はレコーダーのボタンを操作し、少し戻して止めた。画面には、スーツを着た男が、レジで精算している姿が映っている。

「ああやっぱり。この人、前に一度、自分で持ってきたＤＶＤのディスクを忘れてったことがありましてね。いちおう内容を確認したんですが、すごいものが映ってて」

と、店長が顔をしかめた。

「すごいって？」

「小さな女の子の画像です。それも、ネットで集めたっていうより、自分でデジカメで撮ったようなものばかりだったんですよ」

「そのディスクは？」

「取りに来たから返しましたよ。さすがに恥ずかしかったのか、それからしばらく見なかったんですけど、また来るようになったんだなぁ」

問題の男は、ワイシャツにネクタイ姿だった。体形は小太り、背はあまり高くないようだ。

「サラリーマンですかね」

「ええ、たぶん。いつもネクタイしてたし、店に来るのも平日の夜が多かったですからね。仕事を終えた後みたいですよ。土日はほとんど見かけたことありませんから」

「これだけのお客さんがいて、どうしてそこまで？」

店長は苦笑した。

「この人の場合は、うちのバイトでも知らない者はいませんよ。目立ちますからね」

「目立つとは？」

「DVDの件もあったし、目つきが気持ち悪いっていうか……」

「画面で見る限り、年齢は四十前後ですかね？」

「そうですね。ちょっと年齢不詳って感じの人なんですけど。そんなに若くはありませんよ」

サイトに載せている少女が自分の子供だとすれば、アキラはそれくらいの年代のはずだ。平日の夜という来店時間も、これまでアキラがサイトを更新するためにアクセスした時間帯と一致している。

残念ながら、以前男が店に来ていたころの防犯カメラの映像までは残っていなかった。二週間分しか保存しないのだという。

店長に、その男が来たら連絡してくれるように頼んで、私たちは店を後にした。

エレベーターを待ちながら、渡瀬さんに言った。

「臭いませんか。あのDVDを忘れたっていう男」

私は、小さくない手がかりをつかんだつもりで高揚していたが、渡瀬さんから返ってきたのは、「まだ、なんとも言えんな」という、そっけない答えだった。

4

ボクは小宮巡査にアドバイスされたように、由美ちゃんのことを学校の先生に相談することにした。

でも担任の松田《まつだ》先生は、まだ若くて少し頼りない。授業中みんなが騒いでいると、急に大声を上げて机をバンバン叩いたり、わんわん泣いたり、教室を飛び出してどこかへ行ってしまったこともある。

そこで思いついたのが、東条《とうじょう》先生だ。東条先生はバーコード頭でお腹の出た、見た目はさえないおじさんだけど、優しいし学年主任もやっている。放課後に思い切って声をかけたら、にっこり笑って、相談室に行こうと言ってくれた。

「そんなに硬くならなくていいんだよ」東条先生はボクの手を握った。「ここで話したことは、誰にも言わないから」

「ぜったい秘密にしてくれますか」

「ああ。君と先生、二人だけの秘密だ」

ボクは安心して、由美ちゃんから聞いたことを全部話した。

先生は、おでこにしわを寄せて、じっと聞いていた。

「その話は誰かにした？」

「いいえ」

「私は彼女のお父さんを知っているが、立派で、まじめな人だよ」

「でも――」

「心配する君の気持ちはよーく分かるけど、後は先生に任せなさい」

「じゃあ、由美ちゃんを助けてくれるんですか」

「ああ。だから君は、もうこのことは忘れるんだ」

先生は、ボクの肩に手を置いた。

「話してくれてありがとう。君は友だち思いなんだな。ご褒美に、気持ちの良くなるマッサージをしてあげよう。さあ服を脱いで、そこに寝てごらん」

「服を脱ぐんですか」

「マッサージするときは、服を脱がないとね」

ボクが下を向いてもじもじしていると、先生が横からボクの顔をのぞき込んだ。

「男同士だろ。何を恥ずかしがっているんだい」

ボクがTシャツを脱ぐのを、先生はじっと見ていた。いつもより目がぎらぎらしている気がした。息もゼーゼーして、舌の先で唇をぺろぺろ舐めている。

「さあ、パンツも脱いで、ソファに寝て」

先生はドアのところへ行って、カチャッと鍵を閉めた。

「ちょっと暑いな。私も脱ごう」

東条先生はベルトを外してズボンを下ろした。先生の白いパンツは、前が黄色くなっていて、変な臭いがした。それを嗅いだせいか、さっき給食で食べたコロッケの味が、急にお腹から口の中に上がってきた。ボクは吐きそうになったので、ズボンとパンツを上げて、トイレに行こうとした。

「どこへ行くっ！」

いつもニコニコしている先生が、すごく怖い顔になっていた。トイレに行きたいと言いたかったけど、しゃべるとゲロが出そうだ。

「待ちなさい」

後ろから先生に肩をつかまれた。でも気持ち悪くてどうしようもなかったから、ボクはドアの方へ走った。

ドスン、という音がした。後ろを見たら、先生が自分のズボンに足を引っ掛けて転んでいた。倒れるときに、顔がソファの角にぶつかったみたいで、鼻血が噴き出している。先生が鼻を押さえてうんうん言っている間に、ボクは服を着て、相談室を飛び出した。

5

アキラのサイトがまた更新された。今回アップされたのは、いつもの少女ではなく、制服を着た複数の児童の画像だった。おそらく私立の小学校だろう。座席や他の乗客が一緒に映り込んでいることから、電車内で隠し撮りしたものだと分かる。

最近、お気に入りの制服です。かわいいでしょ。うちの娘にも着せてみたいな。
アキラ

「ふざけやがって。パクったら徹底的に締め上げてやっからな」山田さんが言った。

捜査に過度な感情移入は禁物だが、私も同じ気持ちだった。犯罪者の中には、よんどころない事情で一線を踏み越えてしまう者もいる。しかし、子供を食い物にする輩に酌量《しやくりよう》の余地はない。

「これはP大付属小の制服だな」渡瀬さんが言った。

「よくご存じですね」と山田さん。「もしかして、お嬢さんが通われてるとか」

「バカ言うな。刑事の安月給で、あんなところに行かせられるか」

渡瀬さんには小学生の娘がいる。特捜班の先輩に聞いた話によれば、四十路《よそじ》近くなってようやく授かった子供なので、目に入れても痛くないほど可愛がっているという。

正直、渡瀬さんはとっつきにくい人だ。心の内を表に出さないので、何を考えているのかさっぱり分からない。しかし一緒に仕事をしていると、彼のちょっとした仕草や、ふと漏らした一言から、この事件に対する執念というか、強い思い入れを感じることがある。もしかしたらそれは、渡瀬さんの中にある、幼い娘を持つ父親としての一面が顔を出した瞬間なのかもしれない。

「こいつを、拡大してみろ」

渡瀬さんはパソコンの画面に並んだ画像の一枚を指差した。

山田さんはマウスを操作し、その画像を画面いっぱいに広げた。

他の画像はすべて電車内で盗撮されたものだったが、それだけはプラットホームらしき場所で撮影されていた。カメラのすぐ前に、連れ立って歩くP大付属小学校の女児三人の後ろ姿、その先にも同校の児童が映っている。画面の右手は壁で、左手に停車中の電車は映っていない。アキラは、P大付属小の児童と同じ駅で電車を降りたのだ。

山田さんが画面に顔を近づけた。「どこの駅ですかね」

渡瀬さんが即座に、「西武新宿線《せいぶしんじゅくせん》の新井薬師前《あらいやくしまえ》だよ」と答えた。

彼の自宅も西武新宿線の沿線なので、通勤時などにP大付属小の児童とよく同じ電車に乗り合わせるという。

調べてみると、新井薬師前駅からJR中野駅まで路線バスが走っていた。アキラは毎朝、西武線とバスを乗り継いで、中野まで通っているのだろうか。

翌朝、私と渡瀬さんは、新井薬師前駅を張り込んだ。

むろんわれわれはアキラの顔を知らない。しかし、中野にあるネットカフェを回った際に、防犯カメラ映像に映った何人かの人物に目星をつけていた。その中に該当者がいなかったとしても、もしアキラがまた盗撮行為に及べば、その場で現行犯逮捕もできる。

私は上り線側、渡瀬さんは下り線側の改札口が見える位置に陣取った。

新井薬師前は急行が停まらない小さな駅だが、朝のラッシュ時なので乗降客は多かった。例の制服を着たP大付属小の児童たちも、電車が停まるたびに降りてくる。

〝スリの目は鋭い。痴漢の目は鈍い〟

刑事になる前に受けた、捜査専科講習で教えられた言葉を思い出した。そんなことを意識しすぎたせいか、どの男の目もドロンとして、鈍いように思えてくる。

私は新聞を読むふりをしながら、改札を通過する人たちに目を凝《こ》らし続けた。

6

教室で由美ちゃんの顔を見るたびに、悲しくなった。

やっぱり頼れるのは小宮巡査しかいない。そう思って学校の帰りに交番に寄ると、誰もいなかった。机の上には、「パトロール中」というプラスチックの板が置いてある。でもボクは、これが〝お昼寝中〟という意味だと知っている。耳を澄ますと、やっぱり奥の部屋からいびきが聞こえた。中に入って体を揺すったら、小宮巡査は怒った顔で目を覚ました。

「なんだよボウズ。お巡りさんは疲れてるんだぞ」

小宮巡査の息は、少しお酒臭かった。

「お願いがあるんだよ」

「またこのあいだの話か。先生に相談しろって言っただろ」

ボクは、相談室であったことを話した。最初は眠そうだった小宮巡査だけど、だんだん恐い顔になった。

「部屋では、お前とその東条先生の、二人だけだったのか」

「そうだよ」

巡査はニヤニヤ笑いながら、しばらく何か考えていた。

そして、「まず腹ごしらえだ」と言って、どこかに電話すると、十五分ぐらいでお寿司が届いた。

持ってきたのは竜一《りゅういち》だった。

竜一は不良だ。いつも仲間とゲームセンターに屯《たむろ》ったり、コンビニの駐車場に座り込んで煙草を喫ったりしている。家がお寿司屋さんなのは知ってたけど、手伝ってるところを見たのは初めてだ。

巡査のために、竜一はお茶まで淹れている。まるで二人は夫婦みたいだ。

「竜一。このあいだ行ったランパブの愛《あい》ちゃん。お前の同級生だって」

「そうっすよ。段取りつけましょうか」

「今度の月曜、俺、休みなんだ。ちょっと愛ちゃんの予定聞いてみろ」

竜一は携帯を出して、どこかに電話した。

「小宮さん。ディズニーランドなら行くって言ってます」

「ディズニーランド？　ま、いいか。まとまった金も入りそうだし。了解だ。駅まで車で迎えに行くって言っとけよ」

「了解っす」

竜一は、小宮巡査が食べ終えると、ペコペコ頭を下げながら、お寿司の器を持って帰っていった。

「お金は払わないの？」

「金なんかいいんだよ」小宮巡査は、楊枝《ようじ》で歯をシーシーやりながら言った。「あいつは俺のことが好きだから持ってきてくれるんだ」

やっぱり小宮巡査はみんなの人気者なんだ。ボクも小宮巡査が好きなので、すごく嬉しくなった。

小宮巡査は手袋をはめて、机の引き出しからボールペンと紙を出した。いつもは右手でなんでもするのに、今日は左手でペンを持っている。ケガでもしてるんだろうか。巡査は書き終えると、それを折りたたんで封筒に入れた。

「これ、東条先生に持ってけ」

表には「東条先生へ」と書いてあった。左手で書いたから、下手くそな字だ。

ボクは先生と会いたくなかった。あの日のことを、先生はきっと怒ってるに違いない。すごく鼻血が出てたのに、ボクは先生を放って逃げてしまったから。

下を向いてもじもじしていると、小宮巡査が、「なんだよ、俺の頼みが聞けないのか」と言った。

ボクは黙っていた。

「じゃあこうしよう。届けてくれたら、お前の言うことを、なんでも一つ聞いてやる」

「本当？」

「お巡りさんが嘘を言ったことがあるか。その代わり、手紙を渡したら、変態教師、いや東条先生から、ちゃんと返事をもらってこい」

「返事？」

「そうだ、返事がなければダメだ」

少し悩んだけど、由美ちゃんのためだ、ボクはやることにした。封筒を受け取って、ランドセルの中に入れた。

それから巡査は、返事をもらうときに気をつけることを、いろいろとボクに教えてくれた。


次の日、授業が終わって教室を出ると、東条先生が廊下で待っていた。ボクは先生と顔を合わせたくなかったから、朝、職員室の机の上に巡査の手紙を置いてきたのだ。

返事を持ってきたのかと思ったけど、また相談室に連れていかれた。

「この手紙、誰から預かったの」

先生の顔は、真っ青だった。

「正義の使者、ミスターXです」

ボクは、小宮巡査に教えられたとおりに答えた。

「そうじゃなくて、本当の名前を言いなさいっ！」

先生はテーブルを叩いて、大声を出した。

「正義の使者、ミスターXです」

東条先生は、泣きそうな顔になった。

「この前のマッサージのことを、誰かに話したんだね」

ボクがうなずくと、先生は震える手で、背広のポケットから封筒を出した。

「こ、これを、ミスターXに渡しなさい」

東条先生の目には、涙がいっぱいたまっていた。ボクが相談室を出ると、部屋の中から先生の、ワーという泣き声が聞こえてきた。

学校を出てからも、何度も後ろを見て、先生がついてこないか確認した。これも小宮巡査に注意するように言われたことだ。

交番に行ったら、机の上には、また「パトロール中」の板が載っていた。でもやっぱり、小宮巡査は奥の部屋で寝ていた。

ボクが預かった封筒を渡すと、巡査は中をのぞき込んで、嬉しそうな顔をした。

「よくやったなボウズ、これはお礼だ」

巡査は、お財布から五百円玉を一つ出して、ボクの掌《てのひら》に載せてくれた。

でもボクはお金なんかより、欲しい物があった。

「小宮巡査。なんでも言うこと聞いてくれるって言ったよね」

「ああ」

「ピストルを貸してよ」

「ピストル？　何に使うんだ」

「由美ちゃんのお父さんを撃つんだ」

「そんなことのために、お巡りさんが拳銃を貸すはずがないだろう」

「嘘つきっ！　なんでも言うことを聞いてくれるって言ったくせに」

話しているうちに、ぽろぽろ涙が出てきた。騙した小宮巡査だけじゃなくて、どうすることもできない自分に頭にきた。拭いても拭いても涙が止まらなかった。

「泣くなボウズ。だいたいだな、誰かをピストルで撃ったら、お前は人殺しになるんだぞ」

「別にいいよっ。ボクは由美ちゃんのためなら、どんなことでもするんだ」

「由美ちゃんのことが、そんなに好きなのか」

「大人になったら、ぜったいに結婚する」

「読めたぞ。由美ちゃんのお父さんは、お前たちの結婚に反対しているんだろう」

違うけど、ボクは何も言わなかった。

「昔の人はこう言ったんだ。人の恋路を邪魔する奴は、馬に蹴られて死んじまえ、ってな」

「じゃあ、ピストル貸してくれる？」

「バカヤロウ。お前も男だろっ。ピストルなんて飛び道具を使わないで、刃物でブスッと一突きしてやれ」

「刃物でブスッ？」

「そうだ。正々堂々とやるんだ。本当に好きなら、できるはずだ」

ボクは本当に由美ちゃんが好きだ。できる気がした。

「よーし。やるよ」

「いいぞ、その意気だ。そんな無粋《ぶすい》なオッサンには、天誅《てんちゅう》をくわえてやれ」

「テンチュウ？」

「神様の代わりに、悪い奴を懲《こ》らしめるってことだ。分かったら帰れ。お巡りさんは忙しいんだ」

巡査は、東条先生がくれた封筒から一万円札をたくさん出して、数え始めた。

「テンチュウ、テンチュウ……」

ボクは忘れないように、その言葉を繰り返し言いながら、家に帰った。

7

ネットカフェ〈ドリーム〉から、例の児童ポルノのDVDを忘れた男が店に来ていると の連絡があったのは、金曜日の午後六時過ぎだった。

私と渡瀬さんはすぐに急行した。だが店に着いたときには、男はもういなかった。店長によれば、十五分ほど前に帰ってしまったという。

落胆したが、男が店に滞在していた時間は分かった。アキラのサイトの接続記録と突き合わせて、この店から同時刻にアクセスしていたことが確認できれば、男がアキラである可能性は高まる。

防犯カメラの映像を見ていると、店長がアルバイト店員を連れてきた。

「彼女が、外であのお客さんを見たことがあると言ってるんですが」

そのアルバイトは、小柄で幼い顔立ちをした女の子だった。

「どこで見たんですか」

「中野区役所です。首から名札を下げてカウンターの中にいたから、たぶん職員だと思います」

中野区役所はＪＲ中野駅から歩いて数分のところにある。当然この店からも近い。

「間違いなくこの人かな」

私は、画面に映る男を指差した。

「はい、店でも何度か話しかけられたことあるから、見間違えることはありません」

「君に話しかけてきたの」

「ええ、キモいから適当にあしらってましたけど、ちょくちょく声かけてきたんですよ。お薦めの漫画はどれとか、この漫画、うちの妹だか娘だかがよく見てるとか」

私は思わず身を乗り出していた。

「娘がいるって言ったの？」

「確かそう言ったと思うけど。妹だったかな……」アルバイトは、記憶をたどるように宙をにらんだ。「うん。確かに娘って言ってました」

男に娘がいるというのは、かなり有力な情報だ。その男について、さらに訊いていると、それまで黙っていた渡瀬さんが、割って入った。

「もうそのへんにしておこう。お仕事中だから」

アルバイトと店長は、別に迷惑そうではなかった。むしろ積極的に協力しようという態度に見えた。私としても、まだ訊きたいことがあったのだが、渡瀬さんは続ける気がないようだった。つい不満そうな顔をした私をひとにらみし、アルバイトと店長に礼を言うと、彼は事務所を出ていってしまった。仕方なく私も従った。

外に出ると、渡瀬さんは「ちょっとつき合え」と言い、きびすを返して歩き出した。

どうやら私は何かやらかしてしまったらしい。でもどこが悪かったのか、まるで見当がつかなかった。びくびくしながらついていくと、渡瀬さんはせまい路地裏にある赤ちょうちんに入った。

彼と差し向かいで飲むのは初めてだった。本来なら、渡瀬さんの経験談でも聞かせてもらいながら、彼との距離をもう一歩縮めたいところだったが、自分がどんなミスをしたのか気になっていた私は、注文したビールが出てくる前に尋ねた。

「私、何かまずかったですか」

渡瀬さんは、やれやれ困った奴だ、とでも言いたげな目でしばらく私を見つめてから、おもむろに口を開いた。

「お前は、アルバイトの女の子が中野区役所で見たという男を、アキラだと決めつけてる」

「そんなことはありません。しかし可能性は高いと思います」

「どうしてだ」

「店を利用していた時間が、アキラのアクセス時間とダブってます」

「はっきりしているのは、まだ一度だけだ」

「でも、サイトに載せている少女が娘だとしたら、おそらくアキラの年齢は四十歳前後と推測できます。あの男もちょうどそれくらいです」

「防犯カメラの映像だけで、どうして分かる」

「店長もそう言ってたじゃないですか」

「〝四十前後〟と最初に言ったのはお前で。店長は年齢不詳と言ったはずだ」

「ですが、あのアルバイトは、娘がいるという話を聞いたことがあると。漫画を読むくらいの子供がいるなら、だいたい歳は――」

「彼女は最初、〝妹か娘〟と言った。そしてお前の反応を見てから、〝娘〟と断定したんだ」

確かに渡瀬さんの言うとおりだった。

「いいか、刑事に話を訊かせてくれなんて言われると、張り切って必要以上に役に立とうとするタイプがいる。さっきのバイトの女の子がそうだ。そういう連中は、悪気はなくても、あいまいな記憶をはっきり覚えているかのように話したり、足りない部分を創作したりすることがある。あの子は、お前の表情、仕草、言葉遣いを見てた。彼女の一言一句に、あんなに分かりやすく反応してどうする」

ぐうの音も出なかった。

区役所の職員だという男を、私はアキラだと決めつけないまでも、最も容疑濃厚な被疑者だと考えていた。無意識のうちにそれが態度に出て、結果的に彼女を誘導することになってしまったのだ。

「すみませんでした。以後、気をつけます」

と頭を下げた。自分がとんでもなく軽率で、無能な刑事に思えた。

店員がビールを持ってきた。私はそれを渡瀬さんのグラスに注ぐことも忘れ、うなだれていた。

渡瀬さんは手酌でビールを注ぎながら言った。

「一課にいたころのことだ。ちょっと面倒な傷害致死の事案で、俺はある男を怪しいとにらんだ。証拠も目撃者も無い。任意で呼んで締め上げても、そいつは否認を続けた。しかし俺はクロだと確信してた。で、何回目かにそいつのアパートを訪ねたとき、いきなり包丁でブスッとやられた。ここをな」

渡瀬さんは、不自由な左足の太ももを叩いた。

「そいつはクロだったんですか」

「いいや、違った。結果として、俺の思い込みが、犯罪者を作っちまったことになる。予断をもって捜査すれば、それを裏付ける情報しか目に入らなくなる。頭をまっさらにして、視点を変えてみろ。そうすると、まるで違った景色が見えることもある」

8

ボクは由美ちゃんのお父さんを、〝テンチュウ〟することにきめた。小宮巡査に言われたように、包丁でブスッだ。包丁は台所から持ち出した。普段使っていないやつだから、ママは気づかないはずだ。

月曜の朝、いつもより早く家を出て、マンションの前で待ち伏せた。由美ちゃんのお父さんの顔は知っている。参観日や運動会で見たことがあるからだ。背が小さくて、太っていて、頭の禿げたおじさんだ。東条先生は、由美ちゃんのお父さんのことを立派で、まじめな人だと言った。でも自分の子供にいやらしいことをするような奴が、立派なはずない。ママに、由美ちゃんのお父さんの仕事を訊いたら、マンションの自治会名簿には、〝公務員〟と書いてあると教えてくれた。たぶん東条先生は、自分と同じ公務員は、みんな立派だと思っているんだ。

電柱の陰に隠れていたら、由美ちゃんのお父さんがマンションから出てきた。ボクは見つからないように後をつけた。包丁で刺すチャンスを狙っているうちに、駅まで来てしまった。

由美ちゃんのお父さんは定期でスルッと改札を通っていく。しまった。ボクは定期も、お金も持ってない。

グズグズしているうちに、由美ちゃんのお父さんはエスカレーターを降りて、見えなくなってしまった。どうしよう。今日は中止にしようかと思ったとき、ひらめいた。

ズボンのポケットに手を突っ込んだ。やっぱり小宮巡査のくれた五百円玉が入っていた。

ありがとう巡査！

すぐにそのお金で切符を買った。改札を通ってプラットホームに下りると、人でいっぱいだった。

「本日、拝島《はいじま》駅で発生しました人身事故の影響で、ダイヤが大きく乱れております――」

駅員さんが何度も放送している。

ボクは人でいっぱいのホームを歩き回って、由美ちゃんのお父さんを探した。やっと見つけたのは、電車が来るちょっと前だった。

由美ちゃんのお父さんは片手にカバンを持って、新聞を見ている。でも、読むふりをしているだけだ。顔は新聞に向いているけど、目だけは、キョロキョロといやらしく動いている。

そのうちに目がピタッと止まって、由美ちゃんのお父さんは並ぶ列を変えた。その列には、白い制服を着た小学生が二人いた。お金持ちの子供が行く小学校だ。

ボクもその後ろに並んだ。由美ちゃんのお父さんは、目の前にいる。チャンスだ。手提げの中に手を入れて、包丁をつかんだ。心臓がバクバクいって、頭がくらくらした。

電車がホームに入ってきた。早く刺せっ。由美ちゃんを助けるんだ。でも、体が全然、動かない。

電車が停まってドアが開くと、みんながいっせいに動き出して、ボクは電車の中に押し込まれた。あれ？　さっきまで目の前にいた由美ちゃんのお父さんがいない。背伸びして周りを見たら、ずっと離れたところに立っていた。そっちに行こうとしたけど、人がいっぱいで動けなかった。

もたもたしているからだ。ボクは情けなくて、泣きたくなった。

9

電車は動いたと思うと、またすぐに停まった。車内アナウンスによれば、人身事故の影響でダイヤが乱れているという。

私は西武新宿線に乗り、新井薬師前駅に向かっているところだった。

アキラがサイトにP大付属小児童の画像をアップしてから、私と渡瀬さんは、平日の通勤通学時間帯、新井薬師前駅の張り込みを続けていた。アキラは日常的に同駅を利用していると考えたからだ。これまで何人かに当たりをつけて内偵してみたが、いずれも空振りに終わっていた。

電車は一分ほど停車しただけでまた動き出した。すでに一つ手前の駅は通過しているので、新井薬師前までもう間もなくだ。

そのとき上着の内ポケットで携帯が震えた。

渡瀬さんからだった。少し息が上がっている。歩きながら話しているらしい。

「俺だ。車内で盗撮してやがった。現行犯逮捕《げんたい》でこれから確保する。新井薬師の駅前交番に引っ張るから、すぐ来い」

「アキラですか」

「おそらくな」

そこで慌《あわただ》しく電話は切れた。

私が乗っているのは下り線だが、杉並区に自宅がある渡瀬さんは上りの電車で新井薬師前までやってくる。車内で盗撮していたとのことだが、アキラと同じ電車に乗り合わせたということか。

私は立ち上がり、窓に顔を貼《は》りつけるようにして進行方向を見た。新井薬師前の駅は、もう目の前に見えていた。

10

ギュウギュウに混んだ電車が、新井薬師前駅で停まった。白い制服の小学生が、いっぱい降りた。

あっ！　由美ちゃんのお父さんがホームを歩いている。

ここで降りるとは思っていなかったから、ボクもあわてて、ドアの方に向かった。でも人が多いし、ランドセルが邪魔で、なかなか進まない。

「降りまーす」

恥ずかしかったけど、大きな声で言った。

人の間を抜けて、ドアが閉まるギリギリで、ようやく降りることができた。

由美ちゃんのお父さんを探した。電車を降りた人が、大勢ホームにいる。その中に、禿げて太ったおじさんが歩いているのを見つけた。

丸い背中を見て、今やろうと決心した。手提げの中の包丁を片手で握って、由美ちゃんのお父さんを追いかけた。

11

新井薬師前駅が近づき、電車が減速を始めた。上り線のプラットホームにいる渡瀬さんが目に入った。まだアキラを確保していないようだ。

彼の前方には、小学生、女子高生、ＯＬやサラリーマンなど、かなりの人数が改札に向かって歩いている。渡瀬さんに注意を受けたにもかかわらず、まだ例の区役所職員にこだわっていた私は、無意識に彼の姿を探していた。しかし渡瀬さんが声をかけた相手は、あの男ではなかった。

あれがアキラなのか？

相手は何か言っているようだ。否認しているようだ。渡瀬さんが隙を見て、腕をつかんだ。ようやく私の乗った電車が停まった。ドアが完全に開く前に飛び降りて、下り線のホームを全速力で走った。跨線橋《こせんきょう》の階段を駆け上がり、反対側の階段を下りる。ホームに立つ二人が視界に入った。その瞬間だった。

アキラがつかまれていた手を振り払い、渡瀬さんの体を突いた。体の右側を押されたために、悪い左足に体重がかかってバランスを崩した渡瀬さんは、線路に転げ落ちた。その直後、上りの通過電車がホームに入ってきた。

ドン、という衝突音と鼓膜を刺すような、かん高いブレーキの音、そして悲鳴。

「渡瀬さんっ！」

私は、呆然と立ち尽くしている人たちを押しのけて渡瀬さんが落ちたあたりに駆け寄った。

ホームと車体の隙間から線路をのぞくと、敷石が真っ赤になっている。足が見えた。太ももの中ほどでばっさり切断されている。数メートル先には、手首が落ちていた。

駅員が来て、私の肩に手をかけた。

「下がってください」

その時になって、アキラのことを思い出した。身柄を確保しなければ。

振り返ってアキラが逃げていった方を見た。自動改札機のすぐ外側で背の高い男がアキラを羽交締《はがいじ》めにしていた。捕まえてくれたらしい。

「警察の者です。そいつを逃がさないでくださいっ！」

私は大声で言い、走った。

12

ボクが後ろから近づいていくと、ひょこひょこ歩いていた由美ちゃんのお父さんが、突然大きな声で言った。

「待ちなさいっ」

前を歩いていた人たちが、自分のことだと思っていっせいに後ろを向いた。

「今、電車の中で何をしていた」

由美ちゃんのお父さんが話しかけたのは、制服を着た高校生だった。

「そのバッグに仕込んだカメラを見せなさい」

高校生が逃げようとした。でも由美ちゃんのお父さんは手をつかんだ。

「離せよっ。遅刻しちまうだろっ」

「アキラだな」

「はあ？　何わけ分かんないこと言ってんだよ、オッサン」

二人がホームの端にいたので、駅員さんがマイクで言った。

「通過電車が来ます。黄色い線の内側まで下がってください」

高校生が、由美ちゃんのお父さんを押した。

由美ちゃんのお父さんは、フラッとして、線路に落ちた。すぐに急行列車がすごいスピードでやってきた。

キーという耳が痛くなるようなブレーキの音がした。ホームにいた人は、みんな凍ったみたいに動かなかった。

ボクは恐かったけど、線路をのぞいた。何か落ちていた。人の手だ。手が落ちてる。ブルブル震えた。逃げよう。ボクは何もしていないけど、そう思った。自分が由美ちゃんのお父さんを、バラバラにしてしまったような気がした。

階段を上って、反対側のホームへ行った。何も見たくなかったので、ベンチに座って下を向いていた。人の怒鳴る声や、走り回る足音に混じって、パトカーと救急車のサイレンも聞こえた。

電車が来たので、ボクは飛び乗った。

13

アキラは十六歳の少年だった。

都内の名門私立高校に通い、過去に補導歴はなく、周囲からは成績も素行もよい模範的な生徒と見られていた。サイトに上げられていた画像の少女は彼の妹で、「身体検査をする」など、言葉たくみにあざむいて撮影していた。大手企業に勤める父親と、専業主婦の母親は、子供たちがしていることにまったく気づいていなかった。彼らは当初、息子が事件を起こしたことを信じようとせず、父親にいたっては、出まかせを言うなと怒りだす始末だった。証拠を突きつけられると、少年が関与したことは渋々認めたものの、悪い大人に騙されたに違いない、息子も被害者だと言い張った。

一方、少年は、すべて自分一人でやったことだと認めた。だが反省しているようには見えず、取り調べ中の態度は終始他人事のようだった。

「妹さんにあんなことして、罪悪感はなかったの？」

「儲《もう》かった金で、あいつにもいろいろ買ってやったんで」

「裸の画像が出回ったんだよ」

「まあそうですけど、大人になれば顔も変わるから、誰も僕の妹だとは気づきませんよ」

買い受け捜査をしようとした特捜班に返信をしなかったのは、別の注文への対応に追われていたからだという。あのサイトを見て、全国の変態どもが食いついたわけだ。

金儲けと歪んだ欲望、この二つが結びつけば、子供は単なる商品でしかなくなる。

庁内に残っていた渡瀬さんの遺品を彼の自宅まで届けたついでに、私は近くの交番に立ち寄ることにした。そこに勤務する巡査に、ひとこと挨拶したかったのだ。

あの朝、アキラを捕まえてくれた長身の男は、小宮という地域課の警察官だった。デートの約束があって、彼女を迎えに新井薬師前まで来ていたという。

所属の警察署に問い合わせると、小宮巡査は今日、日勤だと教えてくれた。しかし私が交番に着いたとき、彼は不在だった。机の上には、「パトロール中」のプレートが出ている。なかなか仕事熱心な男のようだ。待たせてもらおうかとも思ったが、やめておいた。彼同様、私も勤務中だ。また来ればいい。

駅まで歩く道すがら、アキラと同じ高校の生徒とすれ違った。

ネットカフェ〈ドリーム〉の防犯カメラの映像には、しっかりとアキラの姿が映っていた。渡瀬さんは覚えていたのだろう。私はと言えば、まったく記憶にない。制服姿の高校生というだけで、無意識に対象から外していたのだ。

――視点を変えてみろ。そうすると、まるで違った景色が見えることもある。

渡瀬さんの残した言葉を、私は胸に刻《きざ》みつけた。

14

あの事故の後、ボクは熱をだして、しばらく学校を休んだ。家で寝ていたら、由美ちゃんがお見舞いに来てくれた。

「聞いたかもしれないけど、パパ死んじゃった」

あの日、新井薬師前の駅にいたことは、ボクは由美ちゃんにも言ってなかった。

「昨日、お葬式だったの。悲しそうな顔してなくちゃいけなかったから、すごく大変だった。ハハハ」

由美ちゃんは声を出して笑った。

「ねぇ、見て」

由美ちゃんは新しいニンテンドースイッチをバッグから出した。

「ソフト貸してくれない、いっぱい持ってるでしょ」

「買ったんだね、スイッチ」

「パパがダメって言ってたから、今まで買ってもらえなかったのよね。でも死んじゃったから、やっとママが買ってくれたの」

「そうなんだ」

「パパは、あれもダメこれもダメ。だから私、あの人がいなくなればいいって、ずっと思ってた」

「いなくなればいい……」

「そう、あの人、すっごくウザかった」

なんだか由美ちゃんは、少し変わった気がした。でも前とどこが違うか、ボクにはよく分からなかった。

「ねぇ。早く見せてよ。ソフト」

ボクは持っているソフトを全部、床に並べた。

「これとこれ、私にちょうだい」

「ええ？　ダメだよ。貸すだけならいいけど……」

由美ちゃんはホッペを膨《ふく》らませて、すごい目でボクをにらんだ。

「くれないなら、クラスのみんなに、あんたにいやらしいことされたって、言いふらすわよ」

成敗

1

その男が現れたのは、約束した時刻の二分前だ。中背で、下腹の出たずんぐりした体形、服装は黒いTシャツにデニムのハーフパンツ、長い髪を後ろで束ね、サングラスをかけている。年齢はおそらく四十過ぎ。

失業者か？　仕事を持っているにしても堅い商売ではなさそうだ。流行《はや》らないスナックかバーをやっていて、手っ取り早く日銭を稼ぎたい。そんなところだろう。

オフィス街のビルの谷間にある小ぢんまりした公園。今そこにいるのは、ぼくと男の二人だけだ。男の方も、明らかにこちらを意識しているが、時間潰しにちょっと立ち寄ったというふぜいで、入口近くのベンチに腰を下ろすとスマートフォンをいじりだす。

ぼくはスポーツ新聞を広げる。それが、あらかじめ決めていた合図だ。

紙面には、〝市長がセクハラ、飲み会で、オッパイもませろ〟〝朝ドラ女優がデキちゃった婚〟〝〈新選組《しんせんぐみ》〉、覚せい剤を密売していた外国人を斬殺《ざんさつ》〟などの見出しが躍る。

今日も日本は平和だ。

スマホにメッセージが届く。

――公園に着きました。

とりあえず話してみることにする。ダメならまた次を探すまでだ。

ぼくは男に近づき、声をかける。「パブリック・エネミーさんですか?」

男はスマホから顔を上げ、「そうです」と答える。

妙に落ち着いているところを見ると、こうしたやり方で仕事を見つけるのは初めてではないらしい。ぼくの方は、応募者に直接会うのはこれで二度目、慣れているとは言い難い。それを悟られないように、声のトーンを一段落として言う。「ここは暑いんで、涼しいところで話しませんか」

暦はまだ六月の半ばで梅雨のさなかだったが、朝から夏のような日差しが照りつけていた。

「いいですよ」

男はそう言って立ち上がる。

ぼくはパブリック・エネミーを近くのファミレスに連れていく。彼は店に入る前に立ち止まり、意外そうに「ここで話すの？」と訊く。

「別のところにします？」

「いや。おたくがいいなら、俺は構わないけど」

彼の質問を言い換えると、こうなる。

われわれがこれから話すことを、他人に聞かれてもいいのか？

つまり彼は、他人に聞かれたらまずい仕事でもやる気がある、ということだ。いいぞ。有望株だ。

このあいだ面接した男は、さもワルそうな見てくれをしていたが、やってもらいたいことを説明したとたん、そんな仕事だとは思わなかった、勘弁してくれ、と言ってそそくさと逃げ出した。

「この時間ならすいてますから、大丈夫ですよ」

ぼくは、彼の懸念を理解したことを言外に伝える。するとパブリック・エネミーは、納得したようにうなずく。

予想どおり、ランチタイムはとうに過ぎているので、店内の客席は半分も埋まっていない。店員が注文したアイスコーヒーを二つ置いてテーブルを離れると、ぼくは訊いた。

「いつもあの掲示板で、仕事を探すんですか」

「普通の求人サイトやアプリも使うけど、あの掲示板に出てるような仕事なら、履歴書とか面倒なこと言われないからな」

「これまで、どんな仕事をしたんです？」

「いろいろだよ」

「例えば？」

「解体とか、引っ越しとか」と、彼は当たり障《さわ》りのない例だけを挙げ、それ以外のことは再び、「まあ、いろいろさ」でごまかした。

　ぼくが知りたいのは、その〝いろいろ〟の方だ。

「あの掲示板で募集してるのって、具体的な仕事内容を書いてませんよね。どうやって選ぶんですか」

「まあ、勘だね。妙に条件が良すぎる仕事はやめとくよ。よっぽどヤバいことやらされるか、イタズラの可能性が高いから」

　ぼくが掲示板で提示したのは、〝拘束五時間以下。二十万円。現金、当日払い〟だ。かなり奮発したつもりだが、彼の警戒心を呼び起こすほどではなかったらしい。

「例えば、人を殺してくれ、とか言われたらどうします？」

　ぼくは、あえて冗談めかして尋ねる。

　だがパブリック・エネミーはニコリともしない。こちらの本気度を値踏みするかのように、ぼくの顔を数秒間じっと見つめる。そしてじゅうぶんに間を取った後、押し殺した声で言う。

「条件次第だな」

その瞬間、店内の温度が一気に十度くらい下がる。

ハッタリじゃない。こいつは条件さえ見合えば、殺人も請け負う。

ぼくは内心ほくそ笑んだ。どうやら探していた人物に出会えたようだ。血のかよわぬ、正真正銘の悪党に。

「ぶっちゃけ、おたくは俺に何をやらせたいんだ？」

「実を言うと、ある人を捕まえてほしいんです」

「捕まえる？」彼は眉間にしわを寄せる。「要するに、誰かを拉致《らち》るってことか」

「まあ、そういうことです」

「相手は男？　女？」

「女です」

パブリック・エネミーはニヤリと笑う。「だろうな」

2

「あの日のことは、今でもしょっちゅう思い出します。朝から体調が悪くて、勤め先を早退したんです。彼女を見かけたのは、その帰り道でした。下校途中だったようで、一人で歩いてた。これだけは信じてほしいんですが、ぼくはいわゆる幼児性愛者ではありません。ただ子供が好きなだけなんです。何かしようなんて気は全然なくて、ちょっと話をしようと思っただけです。もちろん、罪はないなんて言うつもりはありません。見ず知らずの小学生を車に乗せて、半日以上も連れまわしたんですから。彼女がどれだけ怖い思いをしているか、ご両親がどんなに心配しているか、もっと想像力を働かせるべきでした。あんなことをしてしまったために、ぼくは仕事を失い、両親まで世間から白い目で見られて……」

カズヒコは、そこまで言うと言葉を詰まらせ嗚咽する。

一人の中年女性が歩み寄り、励《はげ》ますように彼の肩を抱く。「カズヒコさん。話してくれてどうもありがとう」

彼女に続いて、その場にいた全員が口をそろえる。

「カズヒコさん、ありがとう」

そして拍手。ぼくもそれにならう。

参加者は男性六人、女性二人の計八人。それぞれ胸に名札を付け、円《まる》く並べたパイプ椅子に座っている。

中年女性は、泣き続けるカズヒコの背中をさすりながら全員の顔を見まわし、ぼくに目を留める。

「じゃあ次は、シンタロウさん。お願いします」

彼女はグループセラピーの進行役で、ファシリテーターというらしい。

「あなたは、今日が初めての参加でしたね」

ぼくは、そうですと答えてから、ペットボトルの水で喉《のど》と口を湿らせる。昔から、人前で話すのは大の苦手だ。落ち着け、落ち着け、と二度、自分に言い聞かせる。

「リラックスして」ファシリテーターが、聖母の笑みを浮かべて言う。「あなたが何を話そうと、ここでは誰も責めたりはしないんだから」

ぼくはうなずき、一つ咳払《せきばら》いをしてから口を開く。「みなさん初めまして、シンタロウです。三十歳です。今は仕事をしていませんが、以前はイタリアンの料理人をしていて、小さいですが自分の店も持ってました。今日は、ぼくが起こした事件のことを、お話ししたいと思います――」

われながら、いい滑り出しだった。その後も練習した甲斐《かい》あって舌がよく回り、頭の中に用意していた原稿は、ところてんのようにつるつると口から押し出されていく。

話し終えると、参加者たちが口々に、「ありがとう」と言って拍手してくれる。誰もがもらえる参加賞みたいなものだが、ここ数年、人からほめられることなどなかったぼくには、思いのほか嬉しい。

ぼくの後、数人が話して、グループセラピーは散会となる。ファシリテーターが、お茶とおやつを用意してあるのでいかが？　と声をかけてきたが、ぼくはそれを断り会場を後にする。

駐車場に向かって歩いていたとき、後ろから、すみません、と呼び止められた。

振り返ると、若い女が立っている。彼女もセラピー参加者の一人で、名札に書かれていた名前は、〝カオル〟。しかし、ぼくが〝シンタロウ〟でないように、彼女もきっと〝カオル〟ではない。グループセラピーでは本名を名乗る必要はないのだ。

カオルは童顔で小柄なので、化粧を落とせば中学生と言っても通用しそうだが、おそらく二十代の前半だろう。

「車ですか」彼女は訊いた。

「え？」

「ここまで車で来てます？」

「うん、車だけど……」

「家まで送ってもらえませんか」

初対面の女性からの突然の依頼に、ぼくは面食らった。

「体調でも悪いの？」

と訊き返してから、少し不愛想すぎたか、と後悔する。

だが彼女は気後れしたふうもなく、「いいえ。ちょっと、お話がしたくて」と言う。

「ぼくと？」

彼女はこっくりとうなずき、小首をかしげた。「ご迷惑ですか」

この状況に一片の警戒心も抱かぬほど、ぼくはうぬぼれ屋ではない。だが彼女のあどけない笑顔に引き込まれるように、「うちはどこ？」と訊いていた。それが承諾と受け取られたようで、彼女はぼくに一歩近づくと、「K町です。よろしくお願いします」と言い、ぺこりと頭を下げる。その拍子に彼女の髪が舞い、いい香りがした。

駐車場で車に乗り込んで走り出したとき、彼女は訊いた。

「どうでした？　セラピー」

「ぼくは今日が初めてだから、まだ何とも言えないけど、話しやすかったよ」

「そうですかね」

含みのある言い方だった。

「君は、不満なの？」

「ええ。だって、どの人も嘘と建前ばっかりなんだもん」

「ぼくには、みんな本音でしゃべっているように見えたけどな」

「カズヒコって人、覚えてます？」

「あの小学生を誘拐した人？」

「そう。あいつ常連で、毎回、ピーピー泣くんです。でも、口先だけで反省なんかしてません。その証拠に、他の人が話している間、いつも私の方をいやらしい目でじろじろ見るんです。このあいだも、セラピーが終わった後に声かけてきたし」

実はぼくも、カズヒコの視線には気づいていたが、それだけをもって、彼の後悔の言葉や涙が、嘘だとは言い切れない。

「〝ヤスコ〟って、窃盗症のババアがいたでしょ。あいつも同じです。セラピーの帰りに、必ずあそこで夕飯のおかずを盗んで帰るんですよ」

と言って、彼女が指さした先にはコンビニがある。前を通り過ぎるときに見ると、たしかに〝二度と万引きはしない〟と断言していたヤスコが、店内であやしい動きをしている。

「あの二人だけじゃないですよ。マサルは、保護司に言われて嫌々来てるんですよ。更生する気があるって、アピールしたいだけなんです。ちなみにヨウスケはホームレスで、無料のドリンクとおやつが目当てです。要するにあそこは、ロクデナシが集まって、嘘をつきあう場所でしかないってことです」

ぼくは苦笑した。「ひどい言い様《よう》だな」

「だって、事実ですもん」

「なら、君はどうして参加してるの？　君は保護司とか関係ないよね。無料のドリンクが目当てとも思えないし」

カオルは性的虐待の被害者でしかも加害者は、あろうことか実の父親だった。そのつらい体験を、彼女が涙ながらに語ったときが今日のセラピーのクライマックスで、医者から共感性に欠けるとの診断を受けたぼくですらウルッと来た。

プッ、とカオルは吹き出す。「やだー。シンタロウさん、私の話、信じてたんですか」

「作り話なのか」

「決まってるじゃないですか。だいたいうちは母子家庭で、父親なんて、会ったことすらありませんから」

あっけらかんと言う彼女に、ぼくは唖然《あぜん》とする。

邪《よこしま》な欲望を抱いて、夜な夜な子供部屋にしのんでくる父親、それを見て見ぬふりする母親、トラウマから摂食障害になって自殺未遂……。

言われてみれば、彼女の話は、既視感いっぱいのベタなストーリーだった。

「君は、女優だね」

「そういうシンタロウさんはどうなんです？」

「ぼくの話はすべて事実だ」

「奥さんを殺そうとしたんですよね」

「元妻だよ」

「その元奥さんに謝りたいとか、反省してるとか言ってたけど、あれって本音ですか」

「もちろん」

「ふーん。でも私には、はっきり見えちゃったんですよね。シンタロウさんの目の奥で、めらめらと燃えてる怒りの炎が」カオルは運転席側に身を乗り出して、ぼくの目をのぞき込む。「あ、ほら。やっぱり燃えてる」

ぼくがとっさに顔を背《そむ》けると、彼女はけたけたと笑う。

「危ないじゃないですか。ちゃんと前を見て運転してくださいよ」

前方の信号は赤になっていたが、ぼくはぎりぎりまでブレーキを遅らせて急停車する。タイヤがキーッと音を立てる。

「ずいぶん乱暴ですね。怒りをため込んでる人って、どんなに隠しても運転に出ちゃうんですよね。ホントは奥さんのこと、まだ憎んでるんでしょ？」

無視。

「あんまり感情を抑え込まない方がいいですよ。必ず後でしわ寄せが来るから」

「分かったようなことを言うな」

「分かるんです。私、経験者ですから」

「虐待は作り話だったんだろ。今、そう言ったばかりじゃないか」

「あの話はね。でもこう見えて、私なりにいろいろあったんですよ」

カオルはそう言って、シャツの袖をめくってみせる。肘《ひじ》まであらわになった細い腕には、幾筋ものリストカットの痕《あと》がある。

「トラウマを克服するために、世間で良いと言われてることは端《はし》から試しました。だけど私には、どれも合わなかった。もし、あれにたどり着かなかったら、とっくに人間をやめてたでしょうね」

「なるほど、そういうことか」

「何です？」

「君の目的だよ。〝あれ〟ってのはどんな宗教だ？　それとも自己啓発セミナーか」

「その手のものは、もう懲り懲り？　やっぱりシンタロウさんも、いろいろ試した口なんだ」

ああ、その口さ。

精神科にカウンセリング、自助グループ。恥ずかしながら新興宗教の門を叩いたこともあるし、自己啓発本や宗教書の類《たぐい》は、最後まで読み通したものだけでも優に二百冊を超えている。しかしどれも、夜ぐっすり眠りたい、というささやかな望みすらかなえてはくれなかった。

「でも、あのセラピーに参加したってことは、人生を前に進めたいという気持ちがあるんでしょ」

人生なんか、ほっといても前に進む。問題は、進み方が遅いってことだ。だからつい、〝苦しまずに死ねる方法〟なんてググってしまう。

「私、もったいないと思う。シンタロウさんはとってもいい人なのに、あんなセラピーに通ってたら、カズヒコやヤスコみたいなダメ人間になっちゃうわよ」

「君は、ぼくの話を聞いてたんだろ。〝いい人〟は、元妻を殺そうとしたりはしないんだ」

「それは奥さんが浮気したからでしょ」

「〝いい人〟なら、浮気くらい許す」

「何か他にも理由があったんじゃないの？　話さなかっただけで」

「………」

「やっぱりね。そうやって自分を悪者にするの、いいかげんによしなさいよ。さもないと、本当に取り返しのつかないことになるわよ。人ごみで刃物振り回すとか、トラックで突っ込むとか」

「ご忠告どうも。そうしたくなったら、君に相談するよ」

「あ、その先の交差点を、右に曲がったところで停めて」

言われた場所に停車すると、カオルは名刺サイズのカードを出してダッシュボードに置く。

「自分を変えたいなら、連絡して」

ぼくはカードを手に取って突き返す。

しかし彼女は受け取らず、「じゃあ連絡待ってます。送ってくれて、どうもありがとう」と言って車を降りる。

彼女が細い路地に消えるのを待って、ぼくはカードに目をやる。それには名前も住所もなく、携帯番号が一つ書かれているだけだった。


分かっちゃいるけどやめられない。

アルコール、ギャンブル、薬物、セックス……。何の依存症であれ、患者たちの心情を、これほど的確に表現した言葉はない。

ぼくは、ほぼ毎日、フェイスブックをチェックする。自分のアカウントは持っていない。見るのはいつも、元妻のページだ。見るたびに、これっきりにしよう、と思う。でも気がつくと、また見ている。

それでいい気分になったことは一度もない。むしろその逆だ。毎回、スマホを叩きつけたくなる。実際にそうしたことも一度ならずある。

〝明日から新連載がスタートします〟〝取材をかねて家族でハワイに来ています〟〝今日は私のお誕生日なので、夫がサプライズパーティをひらいてくれました〟

元妻は幸せそうだ。SNS向けの〝幸福ごっこ〟でないことは、彼女と一年間、一つ屋根の下で暮らしたぼくには分かる。ぼくといたころには、こんな表情を見せたことはなかったが。

画面が震える。いや震えているのは、スマホを持つぼくの手だ。動悸が激しくなる。額に脂汗が浮く。

ぼくはスマホをテーブルに置き、安定剤を二錠、口の中に放り込む。

再びスマホを手に取る。

〝待ちに待った新車が到着！　自分へのご褒美です！〟

新車の助手席で元息子が手を振っている。また少し大きくなったようだ。子供の成長は早い。

ぼくが半年間だけ育てた息子。ぼくが半年間だけ、血を分けた、と思い込んでいた息子。忘れもしない。三年前の三月十四日、ホワイトデー。時刻は午後七時。ぼくがリビングのソファで息子をあやしていると、キッチンから元妻が言った。

「その子は、あなたの子じゃないのよ」

スマホに顔を近づけ、メルセデスに乗った子供の顔を食い入るように見る。どこか、ぼくに似たところはないか。

あるわけがない。ＤＮＡ鑑定で、この子とぼくに血縁関係がないことは明らかになっている。

子供の実の父親は、彼女の今の夫だ。

妻と現夫は、大学時代からつき合っていた。社会人になって彼が会社の同僚と浮気し、二人は別れた。ぼくが彼女と知り合ったのは、ちょうどそのころだ。ぼくは当時、実家を改築して始めたイタリアンレストランの経営が順調で、公私ともにイケイケだった。その勢いをかって常連客だった彼女に猛アタックし、交際三ヵ月でゴールイン。

「実を言うと、あなたのことは、あまり好きじゃなかった。結婚したのは、彼への面当《つらあ》てだったのよ」

結婚してすぐ、彼女は元カレとよりを戻していた。知らぬは夫ばかりなり。子供が生まれ、父親似だとはしゃいでいた自分が、後になってどれほどバカに思えたことか。

「子供が何も分からないうちに、正常なかたちに戻した方がいいと思うの」

と、言われたとき、離婚を切り出されたのだと、ぼくはすぐに気づかなかった。

彼女はぼくと離婚。その後、現夫と再婚。かくして家族は。彼女が言うところの〝正常なかたち〟に戻った。

そして二年後、元妻は作家としてデビューする。処女作のタイトルは『幸福の檻《おり》』。満たされない結婚生活を送る女が、学生時代に思いを寄せていた先輩と偶然再会し、真実の愛に目覚めていくという、陳腐を絵に描いたようなストーリーだ。目の肥えた読者や批評家には見向きもされなかったが、あるタレントがＳＮＳに〝号泣した〟と書き込んだことをきっかけに、バカ売れしてドラマ化もされた。作中に出てくるヒロインの夫〝慎太郎《しんたろう》〟は、ビストロの経営者で、憎まれ役の典型のようなキャラクターだった。作品の内容が作者の実人生と重なることが知れ渡ると、慎太郎のモデルとして、ぼくの顔と名前、住所がネットにさらされた。

ぼくは慎太郎のようなＤＶ夫じゃない。ぼくは慎太郎のように変態的セックスを妻に強要したり、獣姦《じゅうかん》をしたりしない。ぼくは慎太郎のように近親相姦の末に生まれた子供じゃない。ぼくの店は慎太郎の店のように牛や豚の代わりに犬の肉を使ったりしない。ぼくは慎太郎のように……。

しかし、現実とフィクションの区別がつかない愚か者たちから、嫌がらせや脅迫を受けるようになった。放火された夜、店は休業日だったので幸い犠牲者は出なかった。犯人は頭のいかれた中年女で、『幸福の檻』の熱狂的なファンだった。警察の取り調べでその女は、〝慎太郎は地獄に落ちるべきだ〟と言ったという。ぼくは地獄には落ちなかったが、家と店、要するに命以外のすべてを失ったから、いかれ女も満足だろう。

ぼくはそれから酒浸《びた》りの日々を送るようになった。あの日も、まだ陽が高いうちから赤ちょうちんにいた。河岸《かし》を変えて飲みなおそうと繁華街をぶらぶらしていると、書店で元妻がサイン会をしていた。ウィンドウ越しに彼女の顔を眺めていたら、様々な思いが脳裏をよぎった。当初は幸せだった結婚生活のこと、息子のこと、店と家が燃えた後、彼女が見舞いの電話一本よこさなかったこと。

そもそもあいつがバカな本を書かなければ、店を失うこともなかった。

ぼくは100円ショップで包丁を買って書店にとって返すと、千鳥足でサイン会の会場に突入した。すぐに警備員に取り押さえられたので、元妻には指一本触れていないし、誰も傷つけてはいない。だが商魂たくましい元妻は、この一件を、『幸福の檻3 野望篇』に、中盤の見せ場として組み込んだ。作中では、錯乱した慎太郎が引き起こした鮮血と悲鳴が飛び交う刃傷沙汰《にんじょうざた》として描かれている。

元妻と夫、元息子が、ログハウスの前で笑っている画像。

〝息子がスキーに興味を持ち始めたので、信州で温泉付き別荘を内覧中〟

吐き気がする。スマホを放ってトイレに駆け込んだ。朝から何も食べていないので、胃液しか出ない。

カオルの言葉が耳によみがえる。

――ホントは奥さんのこと、まだ憎んでるんでしょ？

もちろん。答えは、イエスだ。

3

夕陽が西の山陰に沈みかけている。電柱にとまったカラスが一羽、監視するようにぼくらを見下ろしている。

ぼくとパブリック・エネミーがいるのは、スポーツクラブの駐車場に停めた車の中だ。会話はない。代わりにラジオが、気まずい沈黙を埋めてくれている。

男性アナウンサーが、落ち着いた声でヘッドラインニュースを読み上げる。

〝米軍がドローン攻撃、テロリスト十名を殺害〟〝南米で反政府デモ、治安部隊と衝突、二十人死亡〟〈新選組〉が児童ポルノの販売拠点を襲撃、五人を斬殺〟

みんながんばってる。この腐った世界をよくしようと汗を流してる。

助手席のパブリック・エネミーは、先ほどから微動だにせず前方を見つめている。濃い色のスポーツサングラスをかけているので目はまったく見えない。もしかしたら寝ているのか。いずれにしろ彼から、気負いや緊張感といったものはまるで伝わってこない。以前にも人を拉致したことがあるという話は、まんざらハッタリではないらしい。

駐車場の入口ゲートを見ていると、白いミニバンが一台、入ってくる。

「来たみたいです」

と声をかけると、パブリック・エネミーは寝ていなかったらしく、小さくうなずく。

ミニバンが前を通り過ぎる。ぼくは顔を見られないように尻を前にずらしてダッシュボードの下に隠れる。パブリック・エネミーは、そのままの姿勢で顔をわずかに横に背ける。

ミニバンは、ぼくらの車から十台分ほど離れたスペースに停まる。ドアが開いて彼女が姿を現すと、パブリック・エネミーはサングラスを額に上げて身を乗り出す。彼の目を見るのは初めてだ。クリッとしていて、案外、かわいらしい。

彼女は、白のカットソーにショートパンツという格好で、セミロングの髪をポニーテールに結っている。パブリック・エネミーは、彼女を目で追いながらボソリとつぶやく。

「いい女だ」

「三十分くらいで出てくるはずですから」

彼はぼくを見る。「ずいぶん早いんだな」

「いつもそうなんですよ。使うマシンは二つか三つなんで」

「おたく、彼女とどういう関係なの？」

「ちょっとした知り合いです」

パブリック・エネミーは前方に向き直り、またシートに体を預ける。そしてサングラスを下ろしながら、薄笑いを浮かべて言う。

「ちょっとした知り合い、か」

4

カオルと待ち合わせたのは、彼女を車で送ったときに別れた交差点だ。時刻は午後七時。場所も時間も、彼女が指定した。

どこへ行って何をするのか、ぼくはあえて尋ねなかった。不安はないと言ったら嘘になるが、どうせぼくには、もう失うものはない。

カオルはスポーツバッグと、一メートル以上はある長い包みを持って現れた。

「それ何?」

カオルは答えず、メモを見ながらカーナビに住所を打ち込む。

「少し急いで、勤務時間は八時までだから」

「誰の?」

「フフフ。見てのお楽しみ」

ナビの声に導かれて着いたのは、とある工場だった。建物の壁に〈サンライズ・ベーカリー〉とある。工場の周囲は、田んぼや畑が広がり、パンの焼ける甘い香りがほのかに漂っている。

ぼくはカオルの指示どおり、工場の通用口が見える場所に車を停めた。白衣に白帽姿の従業員が数人、建物の外の喫煙所で煙草を喫っている。

雲間から月光。田んぼではカエルの大合唱。のどかな初夏の夜。

「寝てないの？」彼女が訊く。

「いや」

「嘘ばっかり。十年間、一睡もしてないって顔してる」

「たしか三年くらい前に一度寝たはずだ」

「笑えない。でも、今夜はぐっすり眠れるわよ」

「どうして？」

彼女は、後部座席に置いていた長い包みを手に取る。

「ジャ、ジャーン」

ファンファーレの後、二本の木刀が包みから現れる。彼女は一本を、ぼくに渡す。

「こんなもの、どうするの？」

カオルは、今さら何を言っているんだ、という顔をする。「セイバイするのよ」

「〝セイバイ〟？」

彼女は、宙に指で〝成敗〟と書く。

「言わなかったっけ？」

「聞いてない」

「あら、そう」

彼女は、こともなげに言い、スポーツバッグから法被《はっぴ》のようなものを出してTシャツの上に羽織《はお》る。浅葱《あさぎ》色で袖にだんだら模様、背中に大きく〝誠〟の文字。京都の土産物店《みやげものてん》などで売っている、新選組の衣装だ。

「それは？」

彼女は額にハチマキを巻きながら、毅然《きぜん》と答える。「勝負服」

笑うべきなのか？　判断がつきかねたので微笑みに留める。だが彼女ににらまれ、あわてて口元を引き締める。

午後八時を十分ほど過ぎると、勤務を終了した従業員たちが通用口から吐き出されてくる。

フロントガラスに顔を近づけ、目を凝らしていたカオルが言う。「見っけた。ブルーのシャツにグレーのスウェットパンツ」

その服装をした男は、工場のフェンス沿いの歩道を、こちらに向かってとぼとぼと歩いてくる。男が街灯の下に来たとき、顔がはっきり見えた。グループセラピーに参加していた幼児性愛者、カズヒコだ。

「あいつ、この工場でコンビニ用のサンドイッチ作ってるんだってさ。それを聞いてから、私ぜったいにコンビニでサンドイッチは買わないようにしてる」

「本人に聞いたの？」

「そう。前々回のセラピーの後に、ちょっと気があるふりして必要な情報を聞き出してやったの」

道の反対側の歩道を、カズヒコが通り過ぎる。猫背でやや顔をうつむけ、靴底を引きずるようにして歩いている。カオルは、目にするのも汚《けが》らわしいというように顔をしかめ、鋭い視線をカズヒコに送り続ける。

「気づかれないように後をつけて。ちょっと行ったところに神社があるから、そこでやりましょ」

「やるって何を？」

「成敗」

目を覚ますと、外は薄暗かった。枕元のデジタル時計は、五時二十五分を示している。早朝だと思い込み、再び目を閉じた。すると遠くから、「夕焼け小焼け」のメロディが聞こえてくる。市役所が、毎日夕方に流している放送だ。

ぼくはハッとして再び時計を手に取る。よく見ると、数字の横に午後を示す〝P〟の文字が出ている。昨夜ベッドに入ったのは、たしか午前三時ごろだったはず。指を折りながら四、五、六、七……と数える。十四時間以上も眠ったことになる。しかもその間、一度ではないことを教えてくれている。
もしかして夢か？　しかし顔面の鈍痛が、想起した記憶が夢の中の出来事、空想の産物
カオルの言葉とともに、昨夜の記憶がよみがえる。
――今夜はぐっすり眠れるわよ。
も目を覚まさなかった！

成敗には二つの効果がある、とカオルは言った。

「社会の浄化と、心の浄化。つまり、一石二鳥ってわけ。成敗を始めてから、私は毎日、快眠、快食、快便。すっかり真人間になった。下手な向精神薬や、しょうもないカウンセリングよりもよっぽど効果がある」

成敗するのは、カズヒコで七人目だという。今後も、〝どんどんやる〟つもりだという。

「だから、あなたには期待してる。私をがっかりさせないで」

七人目というだけあって、カオルの動きには無駄がなかった。背後から音もなくカズヒコに近づくと、木刀で後頭部を一撃。「ウッ」と短い声を発し、地面に膝をつくカズヒコ。彼女は間髪を容れず無抵抗の彼に木刀を振り下ろす。バン、バン、バン。

あっけに取られ、ボーッと眺めていたぼくに、カオルは、今度はお前の番だというようにあごをしゃくった。成敗中はぜったいに声を出すな、と厳命されていたので、ぼくは激しく手を振って遠慮した。するとぐったりしていたカズヒコが急に息を吹き返し、反撃し

てきた。彼が奇声を発しながらやみくもに繰り出すパンチを、カオルは腹に、ぼくは顔面に食らった。ガツン。漫画みたいに目の前に星が瞬《また》く。それでぼくもスイッチが入った。その後は、カオルと二人、疲れて腕が上がらなくなるまでカズヒコを打ちすえた。帰りの車内でも、ぼくとカオルは興奮状態だった。今から考えると、何があんなにおかしかったのかさっぱり分からないが、体をよじって笑いころげた。

別れ際、彼女はぼくの顔をじっと見つめ「よかったでしょ」と訊いた。

それまでと違い、しっとりした口調だったので、ぼくは急に気恥ずかしくなり、「まあ……」と、あいまいに答えた。

すると彼女は、手を伸ばしてぼくの股間《こかん》をつかんだ。「なにが〝まあ〟よ。ビンビンに勃《た》ってんじゃない」

彼女の手首をつかんでやめさせようとしたが、彼女はさらに強く握りしめた。

「言いなさいよ。よかったんでしょ」

「ああ、よかった……。だからやめてくれ……」

股間が楽になったと思ったら、カオルがのしかかってきた。運転席のシートが倒され、彼女の腕がぼくの首に巻きついた。「やめろ」。だが、おざなりの抵抗も、彼女の舌が口に入ってくるまでだった。

路肩に停めた車内で、ぼくらは三回交わった。通行人と目が合ったこともあったが、気にならなかった。最後の一回は、帰ろうとするカオルを引き留め、ぼくの方から求めた。よく考えたら、元妻と別れて以来、セックスしたのは初めてだ。禁欲していたわけではない。そういう気持ちが起きなかったのだ。

カオルと別れて自宅に戻ると、シャワーも浴びずにベッドに直行した。そして十四時間、昏々《こんこん》と眠り続けた。酒や導入剤の助けも借りずに。

ぼくはベッドの上であぐらをかいて、熟睡の余韻に浸った。腕の筋肉疲労、掌にできたマメ、殴られた顔の鈍痛、すべてが心地よい。

腹がグーッと鳴った。空腹を感じるのも久しぶりだ。ふと見ると、ペニスがカチカチに硬くなっていた。

薬と同様、成敗にも効能期間がある。二週間も経つと、ベッドに入っても寝付けなくなり、股間は何を見てもぴくりとも反応しなくなった。

ああ成敗したい。だが、カオルから連絡はない。

暇に飽かして、しばらく遠ざかっていた元妻のフェイスブックをまた見始める。怒りは瞬時に沸点に達し、彼女を口汚くののしる。ぶっ殺すと絶叫する。部屋の壁には穴が開き、椅子はひっくり返り、本棚は倒れる。皿やコップが割れる。苦情を言いに来た隣の部屋の住人を、怒鳴りつけて追い返す。

スマホを頻繁にチェックする。カオルからメッセージも、メールも、留守電もない。郵便受けを何度も見に行く。カオルから手紙はこない。

「予想以上に我慢したわね。実は、もっと早く連絡が来ると思ってたの」

カオルはぼくの車に乗り込むなり、したり顔で言う。そして視線をぼくの顔から股間に移す。

「勘違いしないでくれ。そういう目的で連絡したんじゃないんだ」

「もちろん、あなたがしたいのは成敗だってことくらい分かってる。でもね、成敗もセックスも、生きる喜びを体で味わうという点では、なんら変わりはない。でしょ？」

生きる喜びとは少し大げさな気もするが、カズヒコを成敗したときの高揚感は、セックスと相通じるものがあったことは認めざるをえない。

「やっぱりあなたは、私の思ったとおりの人だった。いずれ仲間にも紹介するわ」

「仲間がいるのか」

「もちろんよ。私を誰だと思ってたのよ」

「誰？」

カオルは、呆れたように目玉をぐるっと回し、バッグの中から例の新選組の衣装を取り出した。

「私は〈新選組〉のリクルーター。あのグループセラピーには、新人発掘のために参加してたの」

〈新選組〉とは、今ちょっとしたブームになっている謎《なぞ》の自警団だ。これまで彼らによって、ドラッグディーラー、児童ポルノ製造販売業者、違法風俗店経営者などが、次々と血祭りに上げられてきた。識者やマスコミは、私刑集団と呼んで〈新選組〉を非難するが、世間一般の人気は高く、彼らが犯行後にネットにアップする〝斬奸状《ざんかんじょう》〟は、毎回、人気タレントのSNS並みのアクセス数を稼いでいる。

「今日からあなたを、正式な隊士として認めるわ。おめでとう」

カオルは、どうだ嬉しいだろうという顔をする。

「気持ちはありがたいけど、そういうつもりじゃなかったんだよな……」

彼女は、キッとぼくをにらむ。「なら、どんなつもりだったのよ」

ぼくは答えられない。どんなつもりでもなかったからだ。

「今度、隊士が守るべき規則、『法度《はっと》』を渡すけど、とりあえずこの二つだけは頭に叩き込んどいて。一つ、組織のことを外部の人間にはけっして漏らさない。二つ、成敗する相手を勝手に決めない。いいわね」

「……」

「まさか、別れた奥さんを成敗しようなんて考えてないわよね」

「考えてない」

実は少し考えている。

「私たちは、〝義〟のために行動してるの。あなたも正式な隊士になったからには、個人的な恨みなんか忘れなさい。万が一、法度を破ったら、あなた自身が成敗されることになるのよ」

5

パブリック・エネミーは、尻のポケットから煙草のパックを出す。

「悪いけど、この車、禁煙なんで」

「じゃあ、外で喫うよ」と言って、パブリック・エネミーは助手席のドアを開けようとする。

「すぐ戻ってきますよ。あの女」

「三十分と言ってたじゃないか。あと十分もあるぜ」

「あれは、あくまでも目安で――」

だがパブリック・エネミーは、みなまで聞かずに車を降りる。そして車の後部に回ると、テールゲートに寄りかかって煙草をくゆらせ始める。

いちいち腹の立つ男だ。だが、ここで短気を起こして彼と喧嘩《けんか》別れしてしまったら、また一から段取りを組み直さねばならなくなる。我慢、我慢。

パブリック・エネミーが助手席に戻ってくると、服についた煙草の臭いが車内に広がる。

ぼくは顔をしかめ、運転席側のウィンドウを下ろす。

しばしの沈黙の後、彼は口を開く。「さっきも訊いたけどさ。あの女と、どういう関係よ？」

「さっきも答えましたけど、ちょっとした知り合いです」

ぼくは突き放すように答える。

だが彼は、ニタニタ笑っているだけで気にするふうもない。

「見たところ、奥さんとか彼女ではなさそうだな。だって、あんたにはちょっとさ。へへへ」

「ちょっと、何ですか」

「気を悪くしねぇでくれよな。彼女とあんたとじゃ、釣り合いが取れないってことさ」

ぼくは、ムッとして外を向く。

「ハハ、怒るなって」彼はぼくの肩を叩く。「要するに片思いだろ。で、彼女を拉致ってどうするつもりよ。正攻法じゃ振り向いてもらえないから、強引に思いを遂げようってか」

ぼくが無視すると、彼は一方的に続ける。ついでと言っちゃなんだけど、俺も、あのい女とやらせてもらえないかな。ここんとこ金がなくてさ、フーゾクもご無沙汰だったんだよ。もちろん順番は守る。あんたが先でいい。ことによったら、三人で楽しむのもいいかもな。嫌いか、そういうの？　やった後はどうする？　バラしちまうのか。もし生かして帰すなら、ケータイで恥ずかしい写真を撮っといた方がいいぞ。しゃべったらネットに流すと脅《おど》すんだ。俺の経験上、たいがいの女はそれでおとなしくなる。前に一度、間違えてひでぇブスを拉致っちゃってさ。あんときは参ったよ。でもせっかくだから、いただいたけどな。やるときは目をつぶってね。顔はまずかったけど、あそこは、そうでもなかったな――。

やっぱりこいつは、正真正銘のクズだ。

彼と同じ空気を吸うことすら不快だった。しかし、あの掲示板に求人広告を出したのは、まさにこういう下種《げす》野郎、金のためならどんなことでもする男を探すためだ。

パブリック・エネミーは、ぼくに寄りかかり親しげに肩を組んでくる。

「兄弟、俺もあの女とやっていいよな」

「………」

「どうなんだよ。え？」

答えなければ、何百回でも訊いてきそうなので、ぼくは仕方なくうなずく。

「ちゃんと声に出して言ってくれよ。あの女を好きにしていい、って」

「あの女を好きにしていいよ」

「どんなことしても、させてもいいのか？」

「ああ」

「おっと、噂をすれば何とやら、だ」

彼女がスポーツクラブから出てくる。軽やかな足取りで自分のミニバンに向かって歩いていく。

「見れば見るほどいい女だな」パブリック・エネミーは、舌なめずりする。

「さあ、そろそろ行ってください。段取りは分かってますよね。絶対に彼女を傷つけないでくださいよ」

「任せとけって」

車を降りたパブリック・エネミーは、姿勢を低くして早足で彼女に接近する。彼女がハッとして振り返ったときには、彼はもうすぐ背後に立って、彼女の腰にナイフを押し当てている。パブリック・エネミーが周囲に目を配りながら何やらつぶやくと、彼女は怯えた顔で何度もうなずく。パブリック・エネミーは助手席のドアを開け、彼女を車内に押し込む。続いて自分も乗り込み、彼女を運転席に移動させる。間もなく、車が動き出す。

ぼくは駐車場内を見まわして、目撃者がいないことを確認してから、彼女の車を追った。

6

「アッシってオッサンはどう？」

ぼくが訊くと、カオルは鼻で笑った。

「馬鹿言わないでよ。あんなアル中、使えるわけないでしょ。デブで動きも鈍そうだったし」

「いや、隊士にじゃなくて、成敗する相手としてだよ」

「私は今日、〈新選組〉のリクルーターとして新人を探しに行ったの」

例によって、ぼくらは車の中で話している。集団セラピーに参加した帰りだ。

今回のセラピーはとある宗教団体の主催で、参加者はいずれも何らかの依存症を患っていた。カオルはセックス依存症に成りすまし、今日も見事な演技で全員の涙腺を崩壊させた。

「前回の成敗からだいぶ時間が経つけど、次はいつごろになりそう？」

「探してはいるんだけどさ。なかなか、これといったのが見つからないのよね」

「上は何て言ってるんだよ」

「〝うえ〟？」カオルは、きょとんとした後、質問の意味を理解したらしく、言葉を継い

いない。

ぼくは、かれこれ一週間、まともな睡眠を取れていない。三日間、まともな食事をしていない。

体が成敗を求めている。ジャンキーがドラッグを求めるように。

「このあいだのM市の件、君は参加したの？」

「M市？　ああ、あれね……。もちろんよ」

〈新選組〉は先日、隣接するM市にあるJKビジネス店を襲撃していた。ネットにアップされた斬奸状によれば、その店は高校生に売春をさせていたという。

「君が参加するなら、ぼくにも声をかけてほしかったな」

「あなたみたいな新人にはまだ無理よ」

「場数を踏まなきゃ、いつまでも新人のままじゃないか」

「だから、簡単な現場からステップアップしてくんでしょ。そんなこと、いちいち説明しなくても理解していると思ってたっ！」

カオルは声を荒《あら》らげ、指の爪を噛んだ。前方をまっすぐに見つめる目が異様にぎらついている。

彼女も、かなりストレスがたまっているようだ。

ぼくはとうに気づいている。カオルはM市の成敗には参加していない。いやそれ以前に、彼女は〈新選組〉の隊士ですらない。

カオルは、単なる〈新選組〉のファン、フリークだ。だいたい本物の〈新選組〉が、襲撃のときに新選組の衣装なんて着るわけがない。きっとファン心理が昂《こう》じて隊士のようにふるまっているうちに、現実と虚構の境があいまいになったのだろう。ちょうど、ぼくの店に放火したサイコ女のように。

もっともぼくとしては、〈新選組〉なんてどうでもよかった。『法度』とやらに縛られるなんてまっぴらだから、カオルの話が妄想だったことにホッとしているくらいだ。

「例の出会い系はどう?」ぼくは訊いた。

「エサは撒いてるんだけどね……」

カオルは今、複数のSNSやネット掲示板に罠《わな》を仕掛けている。家出した小学生を装って援助を求め、ロリコン男をおびき出そうという作戦だが、まるで食いつきがない。

「書き込む文面を変えてみたら?」

「そんなこと言われなくても分かってる」

「じゃあ、掲示板を変えるとか」

「もうやったわよっ」

「考えてみたんだけど、こういう手はどうかな。ちょっと前に、闇サイトで知り合った男らが、女の人を拉致して殺しちゃった事件があっただろ――」

7

市街地を抜けると、街灯の立つ間隔は次第に長くなり、道沿いの人家もまばらになる。日は完全に落ちている。カオルの車と離れすぎないように、ぼくはアクセルを踏んで車間距離を詰める。パブリック・エネミーは（当然、運転するカオルもだが）、ぼくが後をつけていることを知っているのだから、こそこそ追跡する必要はないのだ。

リアウィンドウ越しに見える二人のシルエットに、ほとんど動きはない。だがパブリック・エネミーが、おとなしく座っているはずがなかった。カオルも、拉致された女を演じるのが楽しみだと言っていた。二人の会話が聞こえてくるようだ。カオルは目に涙をいっぱいため、命だけは助けて、と懇願する。それに対してパブリック・エネミーはこう答える。俺は雇われただけだ、あんたをどうするかは後ろの車に乗ってる男が決める。

いや、奴はそんなことは言わないか。

――兄弟、俺もあの女とやっていいよな。

あのクズのことだ、カオルを精神的に支配するために、自分が生殺与奪《せいさつよだつ》の権を握っているかのごとくふるまうはずだ。

例の薄笑いを浮かべ、死にたくないか、お嬢さん。だったら言うことを聞くんだ。パブリック・エネミーの毛むくじゃらの手が、カオルの体をまさぐる。やめてください！　かっこつけるなって。お前だってホントは好きなんだろ。

ぼくはほくそ笑む。背筋がぞくぞくする。

パブリック・エネミーを選んだのは正解だった。奴ほどのクズなら、心置きなく成敗できるというものだ。

今日は思い切って、木刀を使わずに拳でやってみるつもりだった。カオルによれば、拳でキメたときの充実感はまた格別で、むこう一ヵ月は向精神薬いらずだという。

車は山道に入っている。峠を越える旧道で、山を貫くトンネルが開通してからは、林業者くらいしか使わない道だ。今夜も走っているのは、ぼくらの二台だけで対向車とすれ違うこともない。峠の手前には廃業したドライブインがあり、パブリック・エネミーにはそこが目的地だと事前に伝えてある。

ドライブインに着くと、カオルの車は広い駐車場のいちばん奥まった場所に停まる。ぼくもそのすぐ横に車をつける。ドライブインは展望のきく場所に立っていたが、霧がかかっていて山並みも街の夜景も見えない。

パブリック・エネミーは、カオルを車から降ろすと、背後に張り付くように立ってナイフを突きつける。

ぼくも車から降りる。

するとカオルが怒鳴る。「やっぱり、あなただったのね。こんなところに連れてきて、どういうつもりっ！」

迫真の演技だ。あらかじめ二人で決めた設定では、ぼくは長年ストーカー行為を続けてきた彼女の元上司、ということになっている。

ぼくも調子を合わせ、「君と、話し合いたかったんだ」と応じる。

あなたと話すことなんかないっ。君のことが好きなんだよ。私の前に二度と現れないでっ。どうしてぼくの気持ちを分かってくれないんだ。私には婚約者がいるのっ。

セリフはすべて即興だ。一瞬、カオルと目が合ってしまい、危うく吹き出しそうになる。

パブリック・エネミーは、車に寄りかかってニヤニヤ笑いながらぼくらのやり取りを聞いている。まるで怪しんでいない様子で、ナイフを持つ手をだらりと下げている。

「君が話し合いを拒むなら、こっちにも考えがある」

ぼくはグローブボックスを開けて中にあったスタンガンをひっつかむ。

「捕まえててくれっ」

パブリック・エネミーがカオルを背後から抱きすくめる。ぼくは二人に近づく。じゅうぶん間合いを詰めたところで、スタンガンをカオルではなくパブリック・エネミーに押し当てるという寸法だ。

しかしなぜか、自由になったカオルがぼくに抱きついてくる。あれ？　すかさずパブリック・エネミーも駆け寄ってくる。そして、カオルにしがみつかれて身動きの取れないぼくの顔面を殴る。ボコッ。鈍い音。痛みを感じる前に、世界が真っ暗になる。

ぼくはビーチに寝転んでいる。夕日が水平線に沈もうとしている。きれいだ。傍らに横たわる妻はもっときれいだ。ああ、そうか、ぼくらは新婚旅行でハワイに来ているんだ。赤く焼けた空から、「起きろ」という声が降ってくる。と同時に脇腹に衝撃を受け、ぼくのバカンスは終わる。

目を開けると、そこはまだドライブインの駐車場だ。ぼくは手首足首を縛られた上、猿《さる》ぐつわまでかまされている。ぼくを取り囲んで見下ろしている数人の男たちは、羽織袴《はかま》姿で、腰に日本刀をたばさんでいる。羽織は浅葱色のだんだら模様。同じ新選組でも、カオルが着ていた土産物とは、まるで出来が違う。パブリック・エネミーだけが白い羽織を着ている。

「局長、準備が整いました」

誰かが言う。

するとパブリック・エネミーは、まるで時代劇のような口調で、「よし、引っ立ていっ」と応じる。

少し離れた場所に、数台の車が円陣を組むように停まっている。その中央、車のヘッドライトに照らしだされているのは、一枚のむしろだ。ぼくは二人の男にそこまで引きずられ、むしろの上に正座をさせられる。

パブリック・エネミーが、懐《ふところ》からICレコーダーを出して再生ボタンを押す。

――あの女を好きにしていいよ。

――どんなことしても、させてもいいのか？

――ああ

ぼくと彼が車内で交わした会話だ。

隊士たちの目つきが、よりいっそう険しくなる。彼らの怒りで、周囲の気温が少し上がる。

続いてパブリック・エネミーが斬奸状を読み上げる。

ぼくは必死に誤解だと訴える。だが猿ぐつわをかまされているので、言葉にならない。

パブリック・エネミーは斬奸状を読み終えると、隊士たちに言う。

「実は、この男にストーカー被害を受けていた女性から、入隊したいとの申し出があった。これまで女性は断ってきたが、世のため人のため尽くしたいという彼女の強い意志を汲《く》んで、例外として認めようと思う。同志諸君、ご異議はないか」

隊士たちが声をそろえ「異議ナーシ」と答える。

「来たまえ」

パブリック・エネミーに呼ばれ、カオルが車のかげから現れる。服装はここへ来たときのままだが、上に本物の羽織を着ている。小柄な彼女にそれは大きすぎ、裾が地面に触れそうだ。

カオルは隊士たちに一礼した後、緊張した面持《おもも》ちで口を開く。

「局長、一つお願いがあります。この男のことは、自分自身で始末をつけたいんですが」

パブリック・エネミーは、口を真一文字に結んで「んー」とうなり、腕を組んでしばし瞑目《めいもく》する。態度がいちいち芝居がかっている。

彼は隊士たちを見回し、「諸君、どうだ？」と訊く。

「異議ナーシ」

パブリック・エネミーはうなずき、カオルに言う。「本身《ほんみ》でやるのは、君にはまだ早いだろう。木刀を使いなさい。スイカ割りの要領で、脳天に振り下ろせばいい」

彼女は木刀を受け取ると、ぼくの前までやってくる。ぼくはこの期《ご》に及んでもまだ、カオルには、ぼくを逃がすための秘策があるのではないか、と期待を抱いている。

しかし、頭上に木刀を振り上げた彼女の瞳に映っていたのは、〈新選組〉隊士になれた喜びだけだった。

母の務め

1

私の人生、今がいちばん幸せかもしれない。

バスの車窓に流れる景色をぼんやりと眺めていたとき、ふとそんな考えが脳裏をよぎり、田丸美千代《たまるみちよ》は苦笑した。

もし人に聞かれたら、きっと頭がおかしくなったと思われるだろう。何しろ私は、末期癌患者の妻で、しかも死刑囚の母親なのだから。

幸せという言葉は適当でないにしても、今は夫に気兼ねなく好きなことができる。そして何より、中学生のころから、ろくに口もきいてくれなかった息子が、私が会いに行くのを心待ちにしていてくれる。世間で思われているほど、私は不幸じゃない。

斜め前の座席に座っている女子高生が、スマートフォンをいじっていた。周りのことなどまるで目に入らぬ様子で、くすくす笑いながらすばやく指を動かしている。

そうだ、スマホを買おう、と美千代は思った。以前から欲しかったのだが、夫が、「贅沢だ。どうせお前には使いこなせない」と許してくれなかったのだ。夫は彼女のことを、機械音痴だと思い込んでいる。HDDレコーダーの留守録機能も使えない愚かな女だと。だが美千代は、むしろ機械や新しい技術に興味がある方で、電化製品を買い替えたときには積極的に新機能を使ってみるし、大型家電量販店などを見て歩くのも好きだった。

バスの前方に、コンクリートの高い塀《へい》が見えてきた。次の停留所名が車内にアナウンスされるのを待って、美千代は停車ボタンを押し、ハンドバッグから財布を出した。財布のカード入れには、交通系ICカードと並んで、昨日届いたばかりの真新しいクレジットカードが収まっている。それは美千代が六十二歳にして初めて持った、自分名義のクレジットカードだった。

純《じゅん》は椅子に腰を下ろすなり、ふてくされた顔で爪を嚙み始めた。部屋に虫がいたとか、食事に苦手な物が出たとか、何か気に食わないことがあったのだろう。彼は子供のころから気分の浮き沈みが激しく、感情がそのまま顔や態度に出る。拘置所での暮らしが長くなるにつれ、その傾向はより顕著になっていた。

「このあいだ差し入れた本、読んでくれた？」美千代は努めて明るく訊いた。

純は首を振った。「あんな字がびっしりの本、読む気になんねぇよ。知らねぇ漢字もいっぱいあったし」

「あらそう。ごめんなさい。次は、もっと読みやすい本にするわね」

「本なんかいいから、スマホにしてくれよ」

「分かってるでしょ。それは無理なの」

「ったく。スマホぐらい、いいじゃねぇか。ケチくせぇな」

美千代は、彼の背後にいた刑務官に目をやって注意を促した。すると純は、振り返って刑務官をひとにらみしてから、「スマホ使って脱走でもするってのかよ。バカじゃねぇの」と、さらに悪態をついた。

純のこうした態度はいつものことなので、刑務官は眉一つ動かさない。

「今日は、お父さんも一緒に来るつもりだったんだけどね」美千代は話題を変えた。「急に検査が入っちゃったのよ。お父さん、とってもガッカリしてた」

「親父、どうなんだよ」

「心配ない。近ごろは容体も安定してるから。次は必ず連れてくるわ」

「無理しなくてもいいんだぜ。どうせ、あの世で会えるんだから」

「縁起でもないこと言わないで。お父さんは、ああいう病気だけど、あなたは再審請求が認められれば――」

「そんなことマジで信じてんのかよ。あー、めんどくせぇ。どうせ殺すなら、さっさとやってくんねぇかな」と言って、純はまた刑務官をにらんだ。

「希望を捨てちゃだめ。あなたは柴山《しばやま》に騙されて手を貸しただけで、死刑になるようなことは何もしてないの。悪いのは全部、柴山で、巻き込まれたあなたも被害者みたいなものなんだから」

聞き耳を立てている刑務官を意識して、美千代は声を張った。

拘置所の一役人に再審請求の成否を決める権限がないことくらい、司法制度に疎《うと》い美千代にも分かっている。しかし何かの偶然で、この会話が裁判所の耳に届くことがあるかもしれない。今は、どんな小さな可能性にも賭けてみることだ。

「矢野《やの》先生も、あなたの刑は重すぎるとおっしゃってたわ」

「また手紙を書けなんて言い出すんじゃないだろうな。二度とごめんだぜ」

純は以前、被害者の遺族宛てに毎月一通、謝罪の手紙を書いていた。一審で依頼した弁護士に、死刑判決を回避するためにそれが有効だと言われたからだ。しかし、極刑を免れることはできなかったばかりか、判決が出たとたんに純が手紙を書くのをやめてしまったために、被害者側から、手紙は法廷戦術にすぎなかったと糾弾《きゅうだん》されることにもなった。

「矢野先生は、前の先生とは違うわ」

「弁護士なんかどれも一緒だよ」

「いいえ。先生はきっとあなたを救ってくださる」

純は、フンと鼻を鳴らしてそっぽを向いた。

矢野は、死刑制度に反対している人権派の弁護士で、過去に冤罪事件を手掛け再審で無罪を勝ち取ったこともある。

純は、美千代の前では強がって憎まれ口を叩くが、矢野が頼みの綱であることを分かっていて、先月の接見の際には、「先生、死にたくない。助けてください」と、すがりつかんばかりに泣き崩れ、ろくに話もできなかったという。

「姉さんから、まだ連絡ないの？」

「ええ。ないわ。電話一本だけでもくれたら、安心できるんだけどね」

「サツに言えばいいじゃないか」

「陽子《ようこ》の場合は成人だし、置手紙もあったでしょ。警察に届けても、ただの家出と判断されて、探してはくれないんですって」

「姉さん、まだ俺のこと恨んでるかな」

「さあ、それは、どうかしら」

美千代が否定するのを期待していたらしく、純はムッとして語気を強めた。「もう五年も経ったんだぜ。いいかげん許してくれたっていいだろ」

「陽子の気持ちにもなってあげて。二ヵ月後には式を挙げる予定だったのよ」

「俺が何をしようと、姉さんには関係ないじゃないか。あの男は、しょせんそんな奴だったのさ。結婚する前に本性を暴《あば》いてやったんだから、俺に感謝してほしいくらいだね」

美千代はため息をついた。

純の露悪的な態度が、歪んだ愛情表現だと分かってはいるが、陽子のことを思うと、情けなさが込み上げてくる。

陽子の婚約者は、信州にある老舗《しにせ》旅館の跡取りだった。陽子も結婚後は若女将《わかおかみ》として夫を支える心づもりで、交際中から何度も信州に足を運んでは旅館の仕事を手伝っていた。彼の両親もそんな陽子を気に入り、息子との結婚を手放しで喜んでいた。しかし純が逮捕されると、若女将が犯罪者の親族では外聞が悪いと両親は態度を一変させ、婚約者も当初は、ぼくの陽子さんに対する気持ちは変わりませんと言っていたが、やがて婚約を破棄したいという内容の手紙を、雀の涙ほどの手切れ金とともに送ってきた。

「姉さん、親父が癌だって知らないんだろ。教えてやらなくていいのかよ」

「そりゃ母さんだって、できることならそうしたいけど……」

「親父が反対してんのか」

美千代はうなずいた。

「ったく。かっこつけやがって。どうせ本音では姉さんに会いたいくせに。くたばるときになって後悔しても遅いんだぜ」

「そういう言い方はやめて」

「姉さんだって、親父が生きてるうちに会いたいだろ。親父が何と言おうが、知らせちまえばいいんだよ。手遅れになったら、後で姉さんに恨まれるのは母さんだぜ」

「でも、連絡する方法がないから……」

「探偵でも何でも使って探し出せばいいだろ」

「お父さんに、もう一度、相談してみるわ」

純はアクリル板越しに美千代の顔をじっとにらんだ。そして独り合点《がてん》したように何度かうなずくと、「ホントは分かってんだろ」と言った。

「え？」

「姉さんの居場所だよ」

「知らないわよ」

「嘘つけ。前からおかしいと思ってたんだ。こんなに長い間、行方不明なのに真剣に探そうとしてないからな」

「だから言ったでしょ。お父さんが――」

「姉さんを、ここに連れてきたくないからか。それとも、姉さんが俺に会いたくないと言ってんのか。どっちだっていいや。どうせみんな、俺のことなんかどうでもいいんだ。死んだ方がいいと思ってんだろっ」

「そんなことない。だからこうして面会にも来てるでしょ」

そのとき刑務官が立ち上がり、面会時間の終了を告げた。

「もうちょっと、いいだろっ」と、純は食ってかかった。

刑務官は首を振った。「立ちなさい」

しかし純は従わなかった。刑務官が腕を取ると、純は体をよじってその手を振りほどいた。「触んなよっ」

「純ちゃん、よしなさいっ」

刑務官が再び純の二の腕をつかむ。純は立ち上がりざま彼を突き飛ばした。刑務官が、よろけて壁に背中をぶつけると、その音で異変に気づいた別の刑務官が面会室に飛び込んでくる。純は抵抗したが、たちまち床に組み敷かれた。そして二人の刑務官に丸太のように抱きかかえられ、部屋から運び出されていった。


美千代は、拘置所の帰りに夫が入院する病院に立ち寄った。彼女は面会室でのことを、すべては夫に話さなかった。特に純との別れ際に起きたことは。

医者からは、今は容体が安定しているが、いつ急変してもおかしくないと言われている。夫は純のことで、もうじゅうぶん苦しんだ。人生の最後くらい、安らかに過ごさせてあげたい。

靖男《やすお》は、ベッドの上で上体を起こし、全力疾走をした後のような荒い息をしながら妻の話に耳を傾けていた。病室の窓から見える空には厚い雲が垂れ込め、時おり落ちてくる雨粒がガラスに当たり水滴の筋を作った。

「あいつは、どうして急に陽子を探せなんて言いだしたんだ」

「たぶん、謝りたいんでしょう。陽子がまだ自分のことを怒っているかと、しきりに気にしてましたから」

「謝れば許してもらえるとでも思っているのか。まったく、あいつは――」

靖男は、体を屈《かが》めて苦しげに咳をした。

「大丈夫ですか」

美千代は立ち上がって夫の背中をさすった。パジャマの上からでも背骨やあばら骨の感触が掌に伝わってくる。

あれほど付いていた筋肉や脂肪はいったいどこに消えてしまったんだろう。昔はダイエットが必要なほど恰幅のいい人だったのに。

化学療法の影響で髪もすっかり抜け落ちたため、靖男の容貌は、社長として精力的に動き回っていたころとは別人のように変わっている。

靖男は以前、〈田丸製作所〉という従業員五十名ほどの町工場を営んでいた。会社の業績は、創業以来、常に右肩上がりで、彼の経営手腕は高く評価されていた。しかし五年前、純が逮捕されると、靖男は社長の座から退き会社も人手に渡した。銀行や取引先には強く引き留められたが、彼は聞く耳を持たなかった。一人息子と自社の従業員が、誘拐殺人という凶悪事件を引き起こしたことに対する、それが彼なりの責任の取り方だったのだ。

もし社長を続けていたら、夫は癌にはならなかったのではないか。美千代は時おりそう思うことがある。二十八歳のときに靖男が独りで立ち上げ、苦労して育て上げた〈田丸製作所〉は、彼の分身であり生きがいだった。寡黙《かもく》でプライドが高い人なので愚痴や泣き言はけっして口にしなかったが、靖男は引退してから目に見えて老け込んだ。毎年受けていた人間ドックもやめてしまい、咳が止まらなくなって医者に診てもらったときには、すでに手遅れだったのだ。

「純は、私たちが陽子の居場所を知っているんじゃないかと疑ってます」

「お前、何か言ったんじゃないだろうな」

「いいえ。私からは一言も……。やっぱり、陽子のことは、純に教えない方がいいですかね」

「決まってるだろ。純にだけじゃないぞ。誰に対してもそうだ。もう陽子とは縁を切った。赤の他人だ。どこにいるかも知らないし、今後一切、会うこともない。親戚にもそう伝えてある。俺が死んでも、陽子には知らせる必要はないからな」

「でも……。あなたは本当にそれでいいんですか」

「いいも悪いもない。親として、俺たちが陽子にしてやれることは、それだけしかないんだ」

鬼気《きき》迫る眼差《まなざ》しでそう言われ、美千代は黙るしかなかった。

2

西本文彦《にしもとふみひこ》は部屋に入ると、いつもどおり鼻をクンクンさせて臭いを確かめた。臭いはしなかったが、大型フリーザーが放つ熱気が室内にこもっている。文彦は窓を全開にしてキッチンとバスルームの換気扇を回した。初秋のさわやかな風が鳥の声とともに吹き込んできて、澱《よど》んだ空気を押し出していく。広さ三十平方メートル足らずのワンルームマンションなので換気にはさして時間はかからない。文彦は再び窓を閉めると、床にあぐらをかいた。

この部屋に来るのは一週間ぶりだった。仕事が忙しかったこともあるが、しばらく距離を置いて善後策を考えたかったのだ。しかし、いまだ妙案は浮かばない。

神仏にすがったこともある。だがいくら祈っても、ある日突然、フリーザーが跡形もなく消えるなどという奇跡は起きなかった。

やはり自分でどうにかするしかないのだ。

決断を先送りし続けることは、経済的にも難しかった。この部屋の家賃がいくらなのか知らないが、周囲の相場から判断して、おそらく五万円は下らないだろう。文彦の月給は、夜勤や残業が多いときでもせいぜい手取り二十二万円といったところで、そこから方々に作った借金を返済し、同居する母親に食費として六万円を渡している。フリーザーを置いておくだけのために、セカンドハウスを持ち続ける余裕などない。

文彦は、壁際で存在を誇示するフリーザーに目をやった。本体の上にふたが付いているストッカー型で、横幅は一メートル二〇センチ、容量は三七〇リットルもある。

フリーザーを部屋に運び込むときには苦労した。持ってきた宅配業者が手伝うと言ってくれたが、斎藤美香《さいとうみか》の死体が風呂場にあったので、断らざるをえなかった。彼女をフリーザーに入れるときにはさらに大変だった。死後硬直という言葉はドラマなどで耳にしたことはあったが、まさかあれほど硬くなるとは思わなかった。かなり強引に押し込んだから、骨が折れたり関節が外れたりしたかもしれない。どうにかやり遂《と》げたときには、立ち上がることもできないほど精も根《こん》も尽きていた。

今、冷静になって考えると、まだ軟らかいうちにスーツケースに詰めて人里離れた山にでも捨てに行くべきだった。しかし、あのときは気が動転していたこともあり、三階にあるこの部屋から路上に停めた車までの距離がとてつもなく長く思え、死体を運び出す気にはなれなかった。それでも、腐らせたらまずい、ということには気が回り、美香が亡くなって一時間もしないうちに大型フリーザーをネットで注文していた。

仕事柄だろうな、と文彦は思った。彼の勤め先は仕出し弁当の製造工場で、鮮度管理は、食品を扱う者なら常に注意を払うべきことの一つだ。

そのとき、文彦のスマホにメッセージが届いた。

——夕飯はうちで食べるの？

母親からだ。

〝食べる〟と返すと、〝帰りは何時？〟と訊いてきた。

〝七時ごろかな〟〝食べたい物ある？〟〝何でもいい〟〝その答えがいちばん困るのよね〟

母親はしつこく返信してくる。先月の彼女の誕生日に、スマホをプレゼントしてメッセージアプリの使い方を教えたことを少し後悔しつつ、文彦はやり取りを続けた。

西本家は母子家庭だった。文彦の父親は、彼が二歳のときに交通事故で亡くなっている。母親はそれから、パチンコ店に勤めながら女手一つで彼を育て大学まで出してくれた。三年前に還暦を迎えたが、今も最低時給に近い給料でビル清掃員として働いている。

ぼくがもっとしっかりしていれば、母さんに楽をさせてあげられるのに。

母親の疲れた表情を見たり、仕事の愚痴を聞かされたりするたびに、文彦は自分の不甲斐なさを呪った。

彼は来年、三十歳になる。以前は地元の信用金庫に勤めていたが、人間関係のトラブルから心のバランスを崩して退職した。その後、二年ほどの自宅療養を経て今の会社でアルバイトを始めた。昨年、真面目な仕事ぶりが認められて正社員として採用され、現在は主任の肩書も付いて工場の一つを任されている。工場と言っても物置に毛が生えた程度のプレハブ小屋で、常駐する社員は彼一人しかいないが、文彦はそこで毎日、十名ほどのアルバイトを使って企業や斎場に配達する弁当を作っていた。正直、やりがいを感じたことはなく、辞めたいと思うことはしょっちゅうだ。しかし、もう夢を追う年齢でもないし、何より母親が、彼が働いていることを喜んでいる。自宅療養中はずいぶん心配と迷惑をかけたので、よほど条件の良い転職先が見つからない限り、今の職場でがんばるつもりだった。

〝じゃあ、今晩の夕食はカレーに決定！〟〝了解。なるべく早く帰ります〟〝ポークカレーだよ。しかも肉は少なめ。給料日前だからね（笑）〟

もちろん母親は、美香のことを知らない。文彦は、彼女にプロポーズしてOKがもらえたら、サプライズで紹介するつもりでいたので、母親に美香のことを話したのは、彼女を面接した日の一度きりだった。

「申し訳ないですけど、マスク、とってもらえませんか。いちおう採用面接なんで」

文彦が言うと、美香は、「あっ。すみません」と謝り、むしり取るようにしてマスクを外し、目深にかぶっていたキャップも脱いだ。

その瞬間、ビビッと背中に電流が走ったことを、文彦は今も生々しく覚えている。しゅっとしたシャープなあごのラインと小さな口。それまで見えていた顔の上半分と同様、下半分も申し分なかった。

文彦は心中ほくそ笑んだ。残り物には福がある。急いで決めなくてよかった。

今回の募集で応募してきたアルバイト希望者は六人。文彦はそのうち五人の面接をすでに終えていたが、眼鏡にかなう者は一人もいなかった。

工場でアルバイトがする仕事は、本社のセントラルキッチンで調理した総菜やライスを弁当箱に詰めて包装するだけだ。技術や経験などは必要なく、これまで面接した五人（いずれも近所に住む主婦、年齢は四十代から六十代）の誰を雇っても、業務面では特に支障はなさそうだった。しかし文彦が求めているのは、もっと将来性のある人材だ。条件を挙げると、年齢は二十三歳から三十歳、明るく優しい性格で、子供や料理が好きな良妻賢母型、容姿にはさほどこだわらないが、良いに越したことはない、でも派手なタイプはＮＧ、そしてもちろん独身。

公私混同のそしりを免れないことは、文彦も重々承知している。しかし、安月給でこき使われているのだからそれくらいの役得は許されるはずだと割り切っていた。街角でナンパする度胸などない彼にとって、職場は唯一の出会いの場なのだ。

「これまでに、うちみたいな仕事をした経験はありますか？」

「お弁当屋さんはありませんけど、製菓工場でなら働いたことがあります」

「そこではどんな業務を？」

「製造に検品、配送の仕分けもやりました」

面接の間、美香は一度も目を合わそうとせず、質問に対する答えも最小限だった。通常なら、消極的、覇気《はき》がないとマイナス評価するところだが、彼女の場合は、出しゃばらず慎《つつ》ましい性格、と好意的に解釈した。履歴書によれば年齢は二十九歳。最も気になる家族欄には何も書かれていない。薬指にリングがないことは、とうに確認済みだった。文彦は逸《はや》る気持ちを抑え、質問をひととおり終えてから、さりげなく切り出した。

「ご結婚はされてます？」

「いいえ」

イエスッ！　文彦は心で快哉《かいさい》を叫んだ。ニヤケてしまわぬよう歯を食いしばる。初対面の印象は大事だ。軽薄な男だと思われたくなかった。文彦はしかめ面で彼女の履歴書をにらみ、あれこれ検討しているふりをした。通常は、面接したその場で即決することはないのだが、もたもたしていると、彼女は他のバイト先を見つけてしまうかもしれない。

文彦は、威厳を損なわぬほどの笑みを浮かべて彼女に採用することを告げた。

「で、いつから働けます？　当社としては、早ければ早いほどありがたいんだけど」

西本家の夕食では、通常、しゃべるのは母親で、文彦はもっぱら聞き役だ。しかしその日は、彼の方が饒舌だった。

「あの人なら、ゆくゆくは社員登用もありだよ。様子を見て、ぼくの方から社長に推薦してもいいと思ってる」

「でも若いんでしょ。長続きしないんじゃないの」

「彼女は大丈夫だよ。すごく真面目そうだし、やる気もあるみたいだった。とにかく、これまで応募してきた連中とは、全然、違うんだ」

「そんなにいい人なら、一度、食事にでも誘ってみたら？」

母親に魂胆を見透かされたような気がし、和彦はドキリとした。

「ぼくは、あそこの責任者だぜ」

「そんなこと関係ないだろ。うちの係長だって、奥さんは元アルバイトだよ。あんたは、ただでさえ奥手なんだから、いい子がいたら積極的にいかないと、一生、結婚できないわよ。お母さんだって、そろそろ孫の顔が見たいわよ」

文彦も、できればその願いをかなえてやりたかった。実は以前、少しの期間だけ婚活サイトに登録していたこともある。二人の女性を紹介されたが、どちらも一度会っただけで二度目のデートは先方から断られた。婚活サイトのカウンセラーによれば、文彦の場合、年収、そして親と同居という条件がネックになっているという。せめて後者を考え直してみたら、とカウンセラーに提案されたが、文彦は譲るつもりはなかった。母子家庭で育ったせいか、親孝行したいという思いが人一倍強いのだ。

斎藤美香はどうだろう？　彼女なら同居も受け入れ、母親のことを大事にしてくれるのではないか。

その希望的観測は、頭の中で繰り返し検討されるうち、文彦の中でいつしか確信に変わっていた。


太陽が西に傾き、窓から差し込んだ陽光が大型フリーザーの側面に達した。ひっそりした室内にコンプレッサーが発するブーンという低いうなり音が響いている。

文彦は立ち上がってカーテンを閉めた。

「ぼくはね。君のことが大好きだったんだよ」

フリーザーの上には、小さな赤いバラの鉢が載っていた。根はついていないが、プリザーブドフラワーなので買ったときと変わらぬみずみずしさを保っている。

「本気で結婚を考えてたんだ。聞いてるか、美香」

文彦は床に腰を下ろすと、膝を抱えて天を仰いだ。

「こんなことになっちゃって……。ぼくは……、どうすればいいんだよ」

3

玄関で呼び鈴《りん》の音がした。居間で横になってテレビを見ていた美千代は、ハッとして上体を起こした。来客の予定はない。誰だろう？　呼び鈴が鳴ると身構えてしまう習性は、事件から五年経った今も体から抜けていなかった。純が逮捕されたときは、昼夜を問わず押しかけてくるマスコミに悩まされ、呼び鈴のスイッチを切って電話線も抜いていた。それでもしつこく戸を叩く記者や、前の道から大声で呼ばわるレポーターが後を絶たず、しまいには誰も来ていないのにノックやベルの音が四六時中、耳鳴りのように聞こえるようになった。

呼び鈴を鳴らしたのは宅配便業者で、届いた荷物は、テレビの通販チャンネルに注文したフードプロセッサーだった。どうしても必要というわけでもなかったが、販売員の巧みな説明と実演を見ているうちに欲しくなり、つい買ってしまったのだ。特に心惹《ひ》かれたのは、〝魚や鶏手羽の骨まで砕くハイパワー〟という宣伝文句だった。二ヵ月前に受けた健康診断で、骨密度が低く骨粗鬆症《こつそしょうしょう》になる恐れがあると注意されてから、美千代は意識的に乳製品や魚を摂るようにしていた。このフードプロセッサーを使ってイワシを骨ごと磨《す》り潰してつみれにすれば、もっと効率的にカルシウムが摂取できる。

以前、美千代は、健康にさほど関心がなかった。とりわけ純の事件以降は、いつ死んでもいい、むしろ早く死んでしまいたいとすら思っていた。しかし今は、テレビの健康関連番組は欠かさず見るようにし、スポーツジムにも入会した。変わったきっかけは、靖男が余命宣告されたことだ。今後は夫を頼れない、私が純を支えるしかないのだという自覚が芽生え、生きることに前向きになったのだ。

これまでの美千代の人生は、夫の添え物でしかなかった。町工場を営む田丸靖男と見合い結婚したのは三十七年前、彼女が二十五歳のときだ。以来、二人は夫唱婦随の典型のような夫婦だった。靖男がワンマンな性格だったこともあるが、美千代も生来、引っ込み思案で受け身なタイプで、夫の決めることにけっして異を唱えなかった。彼女は家事をしながら昼は工場の事務員として働いた。始業前の掃除や、寮で暮らす独身従業員のために毎日賄いを用意するのも彼女の仕事だった。三十代になるとそれに育児が加わり、四十代のときには姑《しゅうとめ》の介護も担った。よく働いた。そのころを振り返って美千代は思う。それだけ働いても身内だから給料はもらえなかった。家計も靖男が管理していたので彼女の自由になるお金はなく、欲しいものがあるときには、夫にいちいちおうかがいを立てねばならなかった。

フードプロセッサーの梱包を解きながら、ふとテレビに目をやると、いつしか旅番組に替わっていた。あるベテラン女優とその娘が、浴衣《ゆかた》姿で宿の窓辺に腰かけ富士山を眺めている。美千代は自分と同世代のその女優が昔から好きで、学生時代、彼女が出演した映画をよく観に行った。女優と娘は顔がよく似ている。ことに娘の上品だが芯の強さを感じさせる目は母親譲りだった。たしかこの娘は陽子と同い歳で、生まれ月も近かったはずだ。美千代は、女優が女児を出産したというニュースを、陽子に授乳しながら聞いた覚えがあった。

テレビ的な演出もあるのだろうが、和《なご》やかに談笑する二人の姿は、理想的な親子像に見えた。

こうした仲睦まじい母と娘を目にするたびに、美千代はいつも同じことを思った。

一緒に買い物に行ったり、お茶を飲みながらたわいのないおしゃべりをしたり、普通の親子がしていることを、どうして私と陽子はしてはいけないの。

陽子が家を出て、来月でまる四年になる。純の事件によって、彼女は回復できない痛手を負った。婚約を破棄されただけではない。誘拐殺人犯の姉としてネットに個人情報と顔写真をさらされ、根も葉もない誹謗中傷《ひぼうちゅうしょう》を書き込まれた。それを見たらしい男に路上で突然罵声《ばせい》を浴びせられてから、陽子は外出を怖がるようになり家に引きこもった。勤めていた会社も辞めざるをえなくなり、一年ほど誰にも会わず友人からの電話にも出ようとはしなかった。そしてある日突然、彼女は一枚のメモだけを残して行く先も告げずに消えた。

——独りで生きていくことにします。今までありがとうございました。　陽子彼女は死ぬつもりではないか。美千代は心配でたまらず警察に届けようとした。だが靖男は、陽子の好きなようにさせてやれと言って許さなかった。美千代はあのときほど、夫の薄情さを恨んだことはない。しかも彼は、美千代にそう言う一方で、探偵事務所に依頼して陽子の居場所を突き止め、密かに会っていたのだ。

美千代がそれを知らされたのは先月のことだ。先が長くないことを知っていた靖男は、入院する前の晩、あらたまった口調で、お前に引き継ぐことがあると言い、居間のテーブルに預金通帳、権利証、有価証券などを並べた。堅実で始末屋の夫のことだから、ある程度は貯めているだろうと思っていたが、田丸家の所有する資産は美千代の想像をはるかに超えていた。しかし本当の意味で大事な〝引き継ぎ〟は、その後だった。夫の話を聞きながら美千代は呆然となった。そんな大事なことを秘密にしているなんて……。夫が、いかに自分をないがしろにし、取るに足りない存在と見ていたかを思い知らされた。特に陽子のことを聞かされたときには、美千代もさすがに感情が抑えられず、結婚以来初めて夫をなじった。どうして言ってくれなかったんですか。私だって陽子に会いたいわ。でも靖男からは詫びの言葉一つなかった。彼も陽子に会ったのは一度きりで、そのとき彼女から、「私は残りの人生を別の人間として生きていく。お父さんとお母さんには申し訳ないけど、私のことは忘れてほしい」と言われたという。

「陽子は、田丸陽子ではなく別の名前を名乗ってる。お前が彼女に会いたい気持ちは分かる。だがそれは親のエゴだ。縁を切ってやるのが、あの子のためなんだ。これは俺の遺言だと思ってくれ」

靖男は今も、美千代が陽子のことに少しでも触れると顔をしかめる。虫の居所が悪ければ怒鳴ることもある。一方、純については、「くれぐれも頼んだぞ。あいつを生かすも殺すも、お前次第なんだからな」と、しつこいくらいに念を押す。

純のことを、これっぽっちも信じていないくせに。

はっきりとは言わないが、靖男は、誘拐事件を主導したのは柴山ではなく純だと思っている。家庭より会社を愛していた靖男なので、実の息子よりも、工場の従業員だった柴山の方を信用しているのだろう。

だが美千代は違った。柴山は、一見、人当たりはいいが、裏では何を考えているか分からないところがあった。陽子も、柴山の人間性を早くから見抜いていた。柴山が入社して間もなくのころ、陽子がこう言っていたのを美千代は記憶している。「あの人、少し変じゃない。気をつけた方がいいよ」。柴山が公園で野良猫を蹴飛ばしているのを偶然見かけたのだという。でも人が好い純は、口の上手い柴山にころっと騙され、犯罪の片棒を担がされてしまった。

柴山が誘拐したのは、近所に住む開業医の五歳の息子だった。柴山は、その子を拉致した直後に残酷な方法で殺害したにもかかわらず、自宅に身代金を要求する電話をかけた。

そして何も知らない純をそそのかして、それを取りに遣らせたのだ。

あんな人さえ雇わなければ……。

今さら悔やんでも詮無《せん》いことだが、美千代はつい考えてしまう。もちろん柴山を面接し、採用を決めたのは靖男だ。それればかりか彼は、柴山のことを高く買い、〝将来は〈田丸製作所〉を背負《しょ》って立つ人材〟とまで言っていた。

先日、美千代は靖男から二枚の紙を渡された。一枚には、純のために今後すべきことが、もう一枚には、陽子のためにしてはならないことが、小さな字でびっしりと書かれていた。

美千代は夫の前では神妙な面持ちでそれに目を通したが、家に帰るとすぐに丸めて捨ててしまった。

工場を経営していたころは、子供たちにまるで無関心だったくせに。

親子の関係は、工場の機械とは違ってマニュアルなんかないの。陽子のことも、純のことも、あなたより私の方がよく知ってる。いちいち指図しないでちょうだい。

そのマンションは五階建てで、洗浄したばかりらしく外壁の白いタイルが日光を受けてきらきら輝いていた。一階の窓の目隠しになっている高い生垣も、きれいに剪定《せんてい》されている。

案外、立派だわ、と美千代は思った。

靖男から、単身者向けのワンルームと聞かされていたので、小ぢんまりしたアパートを想像していたのだ。

靖男はこのマンションの一室を八年前から所有していた。さらに別のマンションに、もう二部屋、持っていて、いずれも投資用に買ったという。これも夫に〝引き継ぎ〟されるまで、美千代がまったく知らなかったことだ。

私がスマホを持つことすら贅沢だと許さなかったくせに、自分はこんな大きな買い物をして。

その腹いせでもなかったが、美千代はついに、念願のスマートフォンを手に入れた。靖男にバレないよう、契約は新規で行った。しばらくは二回線分の料金を払わねばならないが、夫が亡くなったらガラケーの方は解約すればいい。

美千代はハンドバッグから真新しいスマートフォンを取り出した。画面の地図上に表示された現在地を示すマークは、今いる場所とピタリと一致している。

すごいわ。彼女は現代のテクノロジーに目を見張った。よく耳にするグーグルマップなるものを、さっそく使ってみたのだ。地図の縮尺を小さくして、自宅からここまでの経路を見てみると、電車やバスを乗り継いでいるのでかなり大回りになっていた。

やっぱり免許を取ろう。車さえあれば、拘置所に通うのも、ここに来るのも、ずっと早くて便利になる。

マンションはオートロックではなく、管理人も常駐していなかった。集合ポストはエントランスの奥にあり、三〇二号室のポストには、投函口までチラシがつまっている。帰っていないのだろうか。

靖男はこう言っていた。

――偽名では賃貸アパートは借りられんし、保証人も必要だ。だから投資用に買ったマンションを使わせている。毎月、少しだが生活費も援助してたから、どこか別の場所に移るなら必ず連絡しろと言ってある。

靖男は、自分が命じれば誰もがそれに従うと思っている。でも彼女にも意思がある。無断で引っ越してしまったのかもしれない。

――金を持っていくときは、必ずポストに入れてこい。ぜったいに会おうなんて気を起こすなよ。

私にだって自分の意思がある。もうあなたの指図は受けないわ。

美千代はエレベーターで三階に上がると、意を決して三〇二号室のインタフォンを押した。

一秒、二秒、三秒……。固唾《かたず》を吞んでドアを見つめていたが、いくら待っても返事はなかった。

美千代は、ハンドバッグから白い封筒を出すと、スマートフォンの番号を書いたメモをその中に入れ、ドアポストに投函した。

4

いっそのこと、母さんに打ち明けてみようか。母さんならきっと、いい方法を考えつくに違いない。なにしろ母さんは生活の知恵の宝庫だ。彼女の手にかかれば、洋服の染み、鍋の焦げつき、風呂のカビ、どんなものだって跡形もなく消えてしまう。いや、やっぱりダメだ。いくら母さんだって、死体を消す方法までは知らないだろう。それに、このあいだの検診で不整脈があると言われたばかりだ。美香のことなんか話したら、びっくりして心筋梗塞《しんきんこうそく》を起こしかねない。

そんなことをあれこれ考えていると、インタフォンが鳴った。

文彦はギョッとして玄関のドアをにらんだ。

するとまた、ピンポーン。

文彦が美香の部屋にいるときに、人が訪ねてきたのは初めてだった。

ドアスコープで確認したかったが、もし訪問者が聞き耳を立てていたら、ドア越しに足音を聞かれてしまう恐れがある。

じっと息をひそめ、留守を装った。すると玄関でコトンと音がした。ドアポストに何かを入れたらしい。

文彦は五分ほど動かずに様子をうかがってから、抜き足差し足で玄関に向かった。ドアスコープをのぞいてみたが人の姿はない。ドアポストのふたを開けると、白い封筒があった。封はしてあるが宛名も差出人もない。中には一万円札が五枚とメモが入っていた。

メモには〝連絡してください。090―××××―××××〟と書かれているだけで、やはり名前はなかった。

美香は、家族とは長らく音信不通だと言っていた。お小遣いをくれるパパさんでもいたのか？　だがメモの字は、明らかに女の筆跡だ。

いずれにせよ五万円も置いていくということは、美香とは浅からぬ関係の人間だろう。そして、連絡をくれと書いてあるからには、美香から音信がなければ、また安否確認に来る可能性が高い。

文彦はフリーザーに目をやった。やはり、あのままではまずい。

弁当工場の仕事は、特に危険でも難しくもないので、新人には衛生面の注意事項を説明するくらいで研修制度は用意されていなかった。文彦はいつも、新人の教育はベテランのアルバイトに任せていた。しかし美香に限っては自ら指導した。口さがない古株のオバチャンたちに勘繰《かんぐ》られぬよう、事務的な口調と態度を心掛け、ときには語気強く叱《しか》りもした。

美香は物覚えが良いとは言えず、日ごろ料理もしないらしく、包丁はむろんのこと、菜箸《さいばし》もまともに使えなかった。これには文彦も少しがっかりさせられた。冷蔵庫の残り物だけで手際よく美味しいものを作ったり、クッキーを焼いたりする彼女を想像していたのだ。まあ料理なんか、少し習えば誰でも上手くなる。

終業後、美香を事務所に呼んで初日の感想を尋ねた。彼女は、まだ不慣れでご迷惑ばかりかけてますけど、皆さん親切に教えてくださるので続けられそうですと答えた。文彦は、その冷静な自己分析と謙虚さに感じ入り、彼女に強い将来性を感じた。その〝将来性〟には、むろん私的な意味も含まれている。やっぱりぼくの目に狂いはなかった。

「じゃあ、明日からまたよろしくね」

「こちらこそ、よろしくお願いします」

事務所を出ていく美香の背中を、文彦は無言で見送った。

歓迎会にかこつけて彼女を食事に誘うという構想を、朝から胸中に秘めていたのだが、口に出す勇気はなかった。

面接のとき、美香はできるだけ多く働きたいと言った。文彦は、希望に沿えるようにすると請け合い、実際、そのようにした。大口の注文が入っていたわけではないので、美香の出勤日が増えれば、代わりに仕事にあぶれる者が出てくる。最初のうちは、新人に早く習熟してもらうためとの口実で他のバイトたちを納得させたが、一ヵ月過ぎても状況が変わらないとなると、オバチャンらも黙ってはいない。

代表で事務所に抗議に来たのは、最古参のアルバイトだった。勤続三十年、顔は信楽焼《しがらき》のタヌキそっくりで、性格もタヌキのようにずる賢く底意地の悪いババアだ。誰よりも業務に精通している彼女は、一介のバイトにもかかわらず、責任者である文彦を見下す態度をとることもしばしばだった。実際、繁忙期には彼女がいないと回らないが、ゆくゆくは古ダヌキを切って、自分と美香のワンツー態勢に切り替えようと文彦は考えている。

「主任さん。斎藤さんのことで、ご相談したいことがあります」

文彦は内心、来たな、と身構えつつ、「彼女がどうかしたんですか」と、そしらぬ顔で訊いた。

「更衣室でお金がなくなりました。もう三人、被害にあってます」

予想外の話に、文彦は唖然とした。

「斎藤さんが盗んだというんですか」

「彼女が入る前は、こんなことありませんでしたから」

「だからって犯人とは限らないでしょっ」

思わず口調がきつくなる。

「斎藤さんが、小野《おの》さんのロッカーを開けているのを見た人がいます」

「自分のロッカーと間違えたのかもしれない」

「隣り合っているならともかく、場所が全然違いますよ。それだけじゃありません――」

古ダヌキは得意げな顔で、美香が犯人である〝動かぬ証拠〞なるものを次々と挙げた。

だが文彦に言わせれば、それらはどれも証拠どころか邪推と思い込みの産物でしかなかった。古株たちは、美香が働き始めた直後から、〝何か変だ〞と感じていたという。こうした排他的な雰囲気が、若いアルバイトがこの職場に居着かない原因なのだ。文彦はうんざりし、古ダヌキの言葉を途中で遮った。

「あなたが何と言おうと、私は彼女を信頼してますから」

古ダヌキは薄笑いを浮かべた。「若くてきれいな子は、得よね」

「どういう意味ですか」

「若くてきれいなら、お金を盗んでも見逃してもらえるし、シフトにもたくさん入れてもらえる。お花だってもらえるんだから」

文彦の額から汗がドッと噴き出した。

「あの花は……、歓迎のしるしですよ。ほら……、うちは新人が入っても歓迎会とかやらないでしょう。妙な勘繰りはやめてください」

動揺を隠そうとすればするほど、言葉はつかえ、声は裏返った。

前の週の木曜日は、美香の誕生日だった。履歴書でそれを知った文彦は、彼女にバラのプリザーブドフラワーを贈った。他のバイトに見られぬよう、渡すときには細心の注意を払ったつもりだが、海千山千の古株たちの目はごまかせなかったようだ。

「とにかく、盗難の件をどうにかしてください。主任さんが何もしてくれないなら、みんなで社長に直訴しますから。そのおつもりで」

美香が犯人のはずがない。そもそも窃盗事件自体、古株たちのでっち上げか勘違いだろう。

文彦はそうにらんでいたが、せっかくの機会だから利用させてもらおうと、事務所では話しづらいことだからと理由をつけ、勤務終了後、美香を近くのファミレスに連れ出した。窃盗事件の話は簡単に済ませ、その後、不愉快な話につき合わせたお詫び、を口実に、以前から目をつけていたビストロに誘うつもりだった。騙すようで少し気が引けたが、〝待っているだけではダメ、積極的に仕掛けろ〟というのは、世の恋愛マニュアル本が共通して薦める手法でもある。

作戦どおり、文彦はまず盗難の件を切り出した。彼女を傷つけぬよう言葉は慎重に選んだつもりだが、美香は店内でもキャップを目深にかぶりマスクもつけていたので表情はうかがえない。

これも古ダヌキが、美香をあやしんだ理由の一つだった。彼女が休憩時間にもマスクを外さないのは、何かやましいことがある証拠だという。まったくバカげてる。美香はアレルギー体質で、わずかなホコリでもくしゃみが止まらなくなる。だからマスクが手放せないのだ。

古ダヌキの色眼鏡越しに見たこの世は、きっと悪人ばかりの地獄のような場所に違いない。

「こんな話をすること自体、嫌なんだけどね。ぼくも立場上、仕方ないんだよ」

そう言って苦笑いを浮かべると、美香の肩が小刻みに震えだした。

「どうしたの？　誤解しないで。君のことを疑ってるわけじゃないんだから」

「私です」

「え？」

「私が盗《と》りました。本当にすみません」

美香は、かろうじて聞き取れる声でそう言うと、肩をすぼめて嗚咽し始めた。

にわかには信じられなかったが、彼女は泣きながら、すみませんを繰り返している。

文彦は、美香が落ち着くのを待って尋ねた。「どうしてそんなことしたの」

責める気持ちはなかった。むしろ力になりたいと思った。きっと何かよんどころない事情があったに違いない。

美香は、時おり言葉を詰まらせながら、自分が置かれている状況を語った。

以前交際していた男に騙されて多額の負債を背負わされたこと。今も借金取りに追われ、毎日怯えながら暮らしていること。とある事情から家族とも絶縁状態のため助けを求められないこと。

「どうしても返すお金が作れなくて……、いけないこととは分かってたんですけど、つい……。本当にすみません」

「ちなみに借金て、どれくらいあるの」

「最初は二百万円くらいでしたけど、今はもっと多くなってます」

「弁護士に相談してみたら？」

「もし私が弁護士を頼んだら、家族のところに行くと借金取りに脅されました。家族には、絶対に迷惑をかけたくないので……。主任さんには、よくしていただいたのに申し訳ありません。皆さんにも、お詫びしておいてください。盗ったお金は、必ずお返しに上がります。どうもお世話になりました」

美香は深々と頭を下げると、文彦の制止も聞かずに立ち去ろうとした。しかし、ボックス席を出て数歩進んだところで目まいを起こし、床に膝をついた。

文彦は、美香を自分の車に乗せて家まで送った。マンションに着くと、彼女は一人で大丈夫ですと言ったが、とてもそうは見えなかった。顔は真っ青で目も虚ろだ。文彦は肩を貸して彼女を部屋まで連れていった。そしてベッドに座らせると、途中のコンビニで下ろした十万円が入った封筒を彼女の手に握らせた。

「ダメです、こんなこと」

「いいんだ。ぼくも金持ちじゃないけど、君ほどは困ってないから。返すのはいつでもいいよ」

美香は目に涙をいっぱいためて抱きついてきた。予想外の展開に文彦は面食らったが、彼女が子供のように声を上げて泣きじゃくっていたので、そのままじっとしていた。美香はよい匂いがした。その香りに酔いしれていると、下半身が反応し始めた。あ、ヤバい。慌てて腰を引く。すると美香はさらに体を密着させ、唇を重ねてきた。ええっ！　次の瞬間、頭の中でポンと破裂音がした。文彦は夢中で彼女にしがみつき、押し倒した。

翌朝、文彦が目覚めたとき、美香はまだ隣で寝息を立てていた。その寝顔を見つめながら、文彦は誓った。

どんなことがあっても、ぼくは君を守るからね。

5

どうしてなの。どうしてよっ！

――主文　本件再審請求を棄却する。

その意味するところは、法律文章に不慣れな美千代にも理解できた。渡された紙には、他にも小さい文字がびっしりと並んでいたが、目を通す気にはならなかった。要するに裁判所は、自分たちの間違いを認めたくないのだ。どうあっても、純を死刑にしたいのだ。

全身から力が抜けた。

「がっかりするのは早いですよ。それは地裁の判断ですから。まだ決着したわけではありません」矢野弁護士は言った。「抗告しますよね。いちおう純さんに、意思を確認してください」

「はい。あの子もそうするつもりでしょうけど訊いてみます」

純の絶望に沈む顔が目に浮かんだ。あの子にどう伝えよう。自暴自棄になって、また拘置所で何か問題を起こさなければいいけど。

「奥さんも、大変ですね。ご主人のこともあるし」矢野は、いたわるように言った。

「いいえ。私なんか何もしておりませんから。純のことも主人のことも、専門家の先生にお任せするだけで……」

美千代が矢野の事務所を訪れるのはこれが初めてだった。

法律や司法制度について美千代に話したところで理解できないと思ったのだろう。靖男は、再審請求することも矢野に依頼することも独りで決めた。その後の打ち合わせにも彼女を同席させたことはなく、気が向いたときにおざなりな説明をするだけだった。

「このごろは再審請求していても安心できないと新聞で読んだんですけど、そうなんですか」

「ええ。以前は、再審請求中は刑を執行しないという暗黙の了解みたいなのがあったんですが、お上が方針を変えましてね。執行を引き延ばすために再審請求を利用していると思ってるんですよ。まあ実際、そういう面もなくはないんですけど」

「でもうちの息子は、騙されてお金を受け取りに行っただけなんですよ。それが誘拐の身代金だってことも知らなかったんです。もちろん人質が殺されたことも……」美千代は声を詰まらせ、ハンカチを目に当てた。「すみません。先生は、こんなことご存じですよね」

「ええ。分かってます。だから私も微力ながら協力させてもらってるんです」矢野は美千代の前にティッシュの箱を置いた。「それに、ご主人からお聞きになってるでしょうけど、純さんの場合は、共犯の柴山が逮捕されるまでは刑が執行される心配はありませんから」

「それも変更されてしまうことはないんですか」

「ありませんよ」矢野弁護士は断言した。「柴山が逮捕されれば、裁判で純さんの証人尋問が必要になる。こればっかりは、いくら法務省でも変えようがありません。現に、あの毒ガス教団の幹部連中だって、逃亡していた信者の裁判が結審するまで、死刑は執行されなかったでしょう」

柴山は、純を犯罪者にしただけでなく、今も純の命運を握っている。そう思うと、美千代は無性に腹立たしかった。

「そう言えば、このあいだ接見に行ったとき、陽子さんを探してくれと純さんに頼まれましたよ」

「あの子、先生にまでそんなことを？」

「ええ。陽子さんに謝りたいそうです。よかったら、うちが懇意にしてる調査会社をご紹介しましょうか」

「いえ、けっこうです。陽子のことは、私の方から折を見て純に説明しておきますので」

6

美香を運び出そう。文彦はようやく腹をくくった。彼女を訪ねてくる知り合いがいると分かった以上、グズグズしてはいられない。

ネットで注文したスーツケースが届いたのは、昼前だった。かなり大きいが、容量はフリーザーの約三分の一しかない。美香がすんなり入ってくれるか否かは、彼女が今、フリーザーの中でどんなポーズをとっているかによる。実は文彦は、それを知らなかった。美香を強引に押し込んでから、フリーザーを一度も開けたことがないのだ。もし嵩張《かさば》るポーズをとっていたら、スーツケースに収まるよう、よりコンパクトな姿勢にしなければならない。彼女はカチコチに凍っているはずなので、まずは溶かす必要があるが。

フリーザーの前に立ったものの、すぐにふたを開けられなかった。今日まで決断を引き延ばしてきたのは、彼女に再会するのが怖かったからでもある。

「ヨシッ！」と気合を入れてふたを開いた。白い靄《もや》が立ち上る。恐々《こわごわ》のぞき込むと、美香は背中を上に向け、土下座するような格好をしていた。

ああ、美香……。窮屈だったろ。寒かったろ。ホントにごめんよ。

更衣室での盗難が発覚した後、美香は工場を辞めた。いかなる事情があったにせよ、他人の金を盗んだ彼女を、文彦もかばい切れなかった。だがもちろん、美香を見捨てはしなかった。

現金が入った封筒を渡すたびに涙ぐんで謝る美香に、文彦は言った。「気にしないで、ぼくがしたくてしてることだから」

見返り？ そんなものを求めるのは愛ではない。文彦はそう考えていた。借金がきれいになったあかつきにはプロポーズすると決めてはいたが、恩に着せるつもりは毛頭なかった。

　ある日、古ダヌキが昼休みにこんな話をしているのを耳にした。

「こないださ、見ちゃったのよ。斎藤さんが中年の男とラブホテルに入っていったの。あれはきっと売春だね」

　噂話と他人の悪口は、老い先短い古ダヌキの唯一の趣味だ。文彦は寛容な心で聞き流した。どうせ彼女の話には、千に一つも真実はない。

　数日後、今度は別のバイトが、新たな目撃情報をもたらした。美香が若い男と親しげに腕を組んで歩いていたという。

　まさか。ありえない。まったく、うちのバイトときたら。

　文彦は、あくまでもバイトたちの下種ぶりを示す例として、美香にその話をした。彼女は顔をしかめ、嘆かわしいとばかりに首を振ったが、そのとき一瞬、目が泳いだように見えた。

　文彦が翌日から美香のマンションを張り込んだのは、彼女を疑ったからではなく、自分の勘違いであることを確認するためだ。しかし三日目の夜、派手な格好で外出した美香は、路上で男が運転する車に拾われ、そのままホテルに直行した。そして二時間ほどして出てくると、男に送られてマンションに戻った。

　文彦はその直後に部屋に押しかけ、彼女を問い質した。美香は当初、しらを切った。だがスマートフォンで録画した動画を見せると、さめざめと泣きだした。相手はＳＮＳで出会った初対面の男だという。

「あんなことしたの初めてよ。急にお金が必要になったの。あなたにはこれ以上、迷惑はかけられないし」

迫真の演技だったが、文彦はもう騙されなかった。よくよく考えてみれば、彼女には他にも不審な点があった。多額の負債があるわりには暮らし向きに余裕があるようだったし、その返済の肩代わりを文彦にさせながら、借用書や領収書の類を一度も見せたことがない。

「金を返してくれ」

「お金？」

「君に貸した金だよ」

美香は、もやはこれまでと観念したらしく、「何のことか分からないわね」と居直った。

「君を助けるために、こっちも借金したんだぞっ」

文彦は、彼女に渡す金を工面するために、銀行、消費者金融、信販会社、そして友人、およそ借りられるところからは借り尽くし、母親の預金にまで手をつけていた。

「フン。あんたみたいなキモい奴の相手してやったんだから、ちょっとくらい小遣いもらって当然でしょ。何が、君のことは守るよ。いい歳こいて童貞だったくせに、偉そうなこと言ってんじゃないわよっ。どうせあんたなんか、この先ずっと――」

知らぬ間に手が出ていた。美香は大げさな悲鳴を上げて倒れた。文彦は彼女に馬乗りになり、両手で首を絞めた。美香は手足をばたつかせ、さも苦しそうな顔をしたが、どうせ演技だ。この嘘つき女がっ。文彦は、彼女の首にかけた手に、ありったけの力を込めた。

「ごめんな。あのときはカッとしてて、何が何だか分からなくなってたんだ」

文彦は、フリーザーの中の美香に向かって手を合わせた。

土下座のような姿勢をとる彼女は、背中を丸めてコンパクトにまとまってはいるが、このままの状態ではスーツケースに収まりそうもなかった。指先で押してみると、服の上からでも固く凍っているのが分かる。やはり、いったん溶かすしかなさそうだ。

文彦はフリーザーの電源を落としてふたを全開にした。どうせ運び出すのは日が暮れてからだ。あまり解凍に時間がかかるようなら風呂場でお湯をかけるしかないが、そうならないことを祈った。

スーツケースに詰めた後、どこに持っていくかもまだ決めていない。海に沈めるか、山に埋めるか。後者の方が見つかる可能性は低い気がした。となるとスコップがいる。文彦はスマホを出してグーグルに尋ねた。

「いちばん近いホームセンターはどこ？」

ウェディングドレスを着た美香が鏡の前に立っている。

彼女は振り向くと、「どう？」と訊いた。

「とっても似合うよ」文彦は答えた。

美香がニッコリと微笑む。

そのとき脇腹に痛みを感じて、文彦は現実に引き戻された。美香が溶けるのを待つうちに寝てしまったらしい。いつからそこにいたのか、目の前に年配の女が立っている。

まだ頭がぼんやりしていた文彦は、体を起こしながら「母さん？」と言った。

しかしそれは、見ず知らずの女だった。女は目を怒らせ、手に包丁を握りしめている。

文彦は息を呑み、フリーザーに目をやった。ふたが開いている。しまった。見られた！

「あんた誰よっ」

文彦は逃げようとした。だが立ち上がる前に、「動かないでっ」と女に一喝《いっかつ》され、眼前に包丁を突きつけられた。

ああ、終わりだ……。

文彦は腰が抜けたようにまた尻を落とした。

7

マンションのエントランスにある三〇二号室のポストは、先日、来たときよりもひどいことになっていた。投函口からあふれ出すほどにチラシが押し込まれ、もはや郵便受けとしての機能は果たしていない。

集合ポストを利用していない可能性もあるので、美千代は前回、スマホの電話番号を書いたメモを現金と一緒にドアポストに入れておいた。しかし今日まで、彼女から連絡はなかった。

引っ越したのかしら？　だとしたら、あまりに身勝手すぎる。部屋を提供し、生活費の援助までしてあげたのに、一言の断りもないなんて。

再びチラシが詰まったポストに目をやったとき、〝孤独死〟という言葉が脳裏をよぎった。

ニュースなどを見ていると、孤独死した人が発見されるきっかけとなるのは、たいてい、たまった新聞や郵便、もしくは異臭だ。

美千代は三階に上がり、三〇二号室のインタフォンを押した。返事はない。ドアに鼻を近づけてみる。臭いはしないようだった。

美千代は〝引き継ぎ〟のときに夫から渡された鍵を出してドアを開けた。入ってすぐのところがキッチンで、奥の部屋とはドアで仕切られていた。すみません、と声をかけたが応答はない。靴を脱いで部屋に上がった。ほのかに変な臭いがする。何の臭いだろう？

キッチンから奥の部屋をのぞくと、男が一人、フローリングの床に横になっていた。

誰？　まさか恋人？

男は熟睡していた。口からよだれを垂らし、断続的にガーッと大きないびきをかいている。小柄で痩せていて、貧相な顔立ち。野暮ったい服装をしているので老けて見えるが、おそらく三十歳前後だろう。

壁際に、やけに大きなフリーザーが置かれていた。ふたが開いている。近づいてその中をのぞき込んだとき、美千代は危うく悲鳴を上げそうになった。人が入っている。マネキン？　いや違う。顔は見えないが女性だ。まさか……。

美千代はキッチンから包丁を取ってくると、寝ている男の脇腹を蹴った。男は目を覚ましたが、まだ半分夢の中で、眩《まぶ》しそうに顔をしかめている。やがてムニャムニャつぶやきながら上半身を起こすと、美千代に向かって「母さん？」と言った。

「あんた誰よっ」

男は自分の間違いに気づき、驚愕《きょうがく》の表情を浮かべた。みるみる血の気が引いていく。

男が立ち上がろうとしたので、美千代は顔に包丁を突きつけた。「動かないでっ」

すると男は観念したようにうなだれ、子供のように泣きだした。

「あの中にいるのは、誰なの？」

「美香さんです」男はしゃくりあげながら答えた。

「顔を見せて」

男は立ち上がってフリーザーに近づくと、顔をそむけながら遺体の両肩をつかんだ。バリバリと氷がはがれ落ちる音がし、遺体が起き上がる。美千代はその顔を恐る恐るのぞき込んだ。以前とはかなり印象が変わっているが、柴山だった。目をカッと見開いた、おぞましい形相をしている。

「どうして……」

男はそれを自分への質問だと勘違いし、柴山との間にあったことを話した。彼は柴山と交際していたが裏切られ、逆上して殺してしまったという。話し終えると、男は床に両手をつき、泣きながら「すみません。勘弁してください」と何度も頭を下げた。

「これからどうするつもり」

「自首します。逃げたりしません。ホントですっ」

男はそう言うと、床に落ちていたスマートフォンをつかんだ。

「どこにかける気よ」

「警察に……」

美千代は、あわてて男の手からスマートフォンを奪い取った。

約一時間後、美千代は男が運転する車の助手席に座っていた。

大丈夫。私ならできる。きっとできる。

ともするとくじけそうになる自分を、鼓舞し続ける。

靖男の言葉が耳によみがえった。

――くれぐれも頼んだぞ。あいつを生かすも殺すも、お前次第なんだからな。

靖男によれば、事件後に行方をくらましていた柴山が彼の前に姿を現したのは、純の死刑が確定した直後だったという。もちろん彼女は、自分が逮捕されない限り、純の刑が執行されないことを知っていた。靖男は柴山の要求に屈するかたちで、所有するマンションの提供と、金銭的援助を約束させられた。例の〝引き継ぎ〟の際、それを知らされた美千代は、怒りをとおりこして呆れた。息子を死刑囚にした張本人を匿《かくま》うなんて、人が好いにもほどがある。

しかし、純を救うためには、悔しいがそうするしかなかった。夫の言いつけを無視して柴山に会おうとしたのは、せめて一度だけでも、思いのたけを彼女にぶつけてやらねば、腹の虫がおさまらなかったからだ。

「あのう……。美香さんとは、どういったご関係ですか」

交差点で信号待ちをしていたとき、男が遠慮がちに訊いてきた。

「あんたには関係ないでしょ」

「すみませんでした」

男は詫びると、また思い出したように嗚咽し、洟をすすり上げた。

いつまでもめそめそしている男に、美千代は嫌悪感を覚えた。口止めして追い払うことも考えたが、この後、大仕事が待っている。男手があった方がいい。それに弁当屋に勤めているなら包丁ぐらいは使えるだろう。

男は、柴山の遺体を山に埋めるつもりだったという。

危ないところだった。埋めるなんて冗談じゃないわ。今はね、骨の一部でも見つかれば誰の遺体か特定できるのよ。『科捜研の女』を見てないの？

車の前方に、ホームセンターの看板が見えてきた。かなり大きな店だから、必要な物はすべてそろいそうだ。

ふと思い立ち、美千代は手帳を開いた。そこには買うべき物がメモしてある。彼女はリストの最後に、〝フードプロセッサー〟と書き加えた。

留守番

一件の新しいメッセージがあります。一番目のメッセージです。十五日、午後九時十二分。

もしもし、萌美《もえみ》だけど。今、まだ東京にいるの。涼子《りようこ》に打ち上げに誘われちゃって、ちょっと顔を出して帰るから予定より遅くなる。たぶんそっちに着くのは、明日の午前中になると思う。じゃあ、よろしくね。

あ、私のことなら心配いらない。ホント、全然、大丈夫だから。

この留守電のメッセージを聞くのは三度目だった。壁の時計に目をやる。午前五時五十分。

心配いらない、だと？　まったく、よくそんなことが言えたもんだ。人の気も知らないで。

メッセージに出てくる〝涼子〟とは、萌美がかつて所属していた劇団「反吐路《へどろ》」の団員だ。私はかねがね、萌美が素行に問題のある涼子とつき合うことを快く思っていなかった。一度ならず萌美に注意したこともあるのだが、彼女は、「うるさいな、ほっといて」と、まるで耳を貸そうとしなかった。萌美はすでに「反吐路」を退団しているが、まだ縁は切れていないらしい。

「反吐路」の打ち上げは、大学の体育会並みにたちが悪いと聞いたことがある。酔っぱらった先輩役者にすすめられ、人の好い萌美は断り切れず、ビール一杯くらいならと手を出してしまうかもしれない。一杯が二杯になり、三杯に……。そしていつしかグラスの中身は、より強い酒に変わっている。空が白み始めたころ、打ち上げはようやくお開きになる。萌美は家に帰ろうと、ハンドルを握る。大丈夫、私は酔ってない。しかし、東京からこのS市までは直線距離にして約二百キロ、高速で二時間。一睡もせず、おまけにアルコールまで入っている彼女には、少々長すぎるドライブだ。濃いブラックコーヒーを飲んだり、大声で歌ったり、懸命に睡魔と戦うも、萌美のまぶたは徐々に重くなる。やがて車は蛇行を始め、ふらふらと追い越し車線に出たところで、背後から猛スピードで飛ばしてきた大型トラックが……。

そこで私は激しくかぶりを振り、あらぬ妄想を頭の中から振り払った。

萌美に言わせると、私は〝ヤバいレベルの心配性〟だという。心配性という言葉には、器が小さいとか、臆病といった意味が含まれているような気がして、私としてはいささか心外なのだが、自分にそうした一面があることも、あながち否定はできなかった。

私は外出する際、必ず家の中を二度見て回り、窓はすべて施錠されているか、火の元、電気の消し忘れはないか、電車の車掌よろしく声に出しながら指さし確認をする。これは若いころから——と言っても私は現在四十六歳で、まだじゅうぶん若いつもりなのだが——の習慣なので、万が一、忘れようものなら、帰宅してわが家の無事をたしかめるまでは、終日、気もそぞろ、仕事にまったく身が入らない。過去には一度、東京から大阪に向かう新幹線の中で、玄関の施錠をしたか気になり、名古屋駅で降りて引き返したこともあった。

私がこうなったのにはわけがある。小学校二年生のとき、学校から家に帰ると、見知らぬ男が、居間で尻を出してしゃがみ込んでいた。呆然と立ち尽くす私を前に、男はあわてるふうもなく、ティッシュで尻を拭いて立ち上がった。そしてパンツとズボンをずり上げてベルトを締めながら、私にこう言った。

「坊や、お父さんとお母さんに伝えといてくれ。裏口の鍵がかかってなかった。もっと用心しなくちゃダメだよ、ってな」

恐怖ですくみ上がっていた私は何も言えず、ただ黙ってうなずくことしかできなかった。

すると男は「いい子だな」と言って私の頭をなで、悠然《ゆうぜん》と玄関から去っていった。これは後に聞いた話だが、空き巣の中には、忍び込んだ家に金目の物がないと、腹いせに脱糞《だっぷん》していく輩がいるのだという。

私は今でも目を閉じれば、あの男の顔を、彼の体臭、そして排せつ物の臭いとともに、ありありと思い出すことができる。もし私が〝ヤバいレベルの心配性〟だとすれば、あのときに受けたトラウマが原因だ。


窓の外で、キーッと、急ブレーキをかける音がした。萌美だろうか？　私は、カーテンの隙間から外を見た。家の前に停まっていたのは彼女の軽自動車ではなく、原付スクーターだった。黒いフルフェイスのヘルメットをかぶった男が乗っている。男は郵便受けの名前を確認すると、門を通って玄関の方へ歩いてくる。ややあって、インタフォンが鳴った。

私は壁のドアモニターに駆け寄った。小さな液晶画面に男の姿は映っていたが、ヘルメットで顔は見えない。こんな朝早く、いったい誰だ？

男はまたインタフォンを鳴らした。

私が応えずにいると、男は、拳でドアを叩いた。ドン、ドン、ドン。「おーい、俺だよ」やけに親しげだ。萌美の知り合いだろうか。

私は迷ったが、やはり応えなかった。ドアモニターを見ると、男は玄関の脇に置いてあった植木鉢を持ち上げている。

どうして鍵の隠し場所を知ってるんだ！

間もなく玄関でドアの開く音がした。私は、とっさにリビングから玄関に飛び出していた。

男は私を見てビクッと体を震わせ、硬直した。

「い、いらっしゃったんですか」

ヘルメットで表情はまったく見えないが、かなり動揺しているようだ。

「あんた、誰だ」

「あ、あの……、萌美さんは？」

「萌美はいないよ」

男は首をひねる。「あれ？　おかしいな」

「萌美の知り合いか」

「はい。そうです」

「どうして玄関の鍵を持ってる？」

「萌美さんに、置いてある場所を聞きました。ぼくの方が先に着いたら、家に上がって待っててくれ、と言われたんです」

「あんたの名前は？」

「えーと、さ、佐藤《さとう》です」

「とにかく、ヘルメットを脱げよ」

「あ、すみません」

佐藤はヘルメットを脱いだ。年齢は二十代半ばくらい、目鼻立ちがはっきりとしていて、鼻の下とあごにひげを伸ばしている。髪はパーマをかけた茶髪のロン毛。背は高く、一八〇センチはありそうだ。痩せているが肩や胸、二の腕にはしっかりと筋肉がついていた。服装は黒いTシャツに膝の破けたジーンズ、デイパックを背負《しょ》っている。見てくれは、どこにでもいる今どきの若者だ。

「萌美と約束でもしてたのか？」

「はい。今日は、お母さんが朝早くから仕事に行くんで、家には誰もいない。だから来ていいって……」

佐藤はそう答えてから、誤解を招く言い方だったと気づいたらしく、あわてて言い直した。

「ああ、いや。一人で家にいるのは不安だから一緒に留守番してほしいって頼まれたんです」

一緒に留守番だと？　小学生じゃあるまいし。

「見てのとおり私がいる。萌美は一人じゃない」

私は冷ややかに言った。

「それに君に留守番を頼んだにしても、まさかこんなに早く来るとは、萌美も思っていなかったんじゃないかな」

「やっぱり、ちょっと早すぎましたかね」

佐藤はペロッと舌を出し、頭をかいた。

常識のある人間なら、朝早くから失礼しましたと謝って帰るところだが、佐藤はそうする代わりに、ジーンズのポケットからスマートフォンを出した。

「どこにかけるつもりだ」

「萌美さんにです」

「おそらく彼女は今、高速を走ってる」

意味が通じなかったらしく、佐藤はスマホを操作しながら、「なら、どの辺にいるのか訊いてみますよ」と言った。

どうやらこの間抜けには、単刀直入に言ってやらないとダメらしい。

「悪いが、電話するのは遠慮してくれ。彼女は今、運転中なんだ」

佐藤は一瞬、きょとんとした後、「ああ、すみません」と詫び、スマホをポケットに戻した。

「せっかく来てもらったのに悪かったね。今日はありがとう」

佐藤は、「いいえ。いいんです」と応じたが、相変わらず帰ろうとしない。

どこまで血の巡りの悪い男なんだ。私は次第に、いらだちを抑えるのが難しくなってきた。

「私は今日一日、家にいるつもりだ。君にいてもらう必要はないんだよ」

語気を強めて言うと、彼は困った顔で、「帰れってことですか」と訊いた。

私は否定しなかった。

「萌美さんが帰ってくるまで、待たせてもらったらまずいですかね」

「何か用でもあるの？」

「ていうか、いちおう責任がありますから」

「責任？」私は失笑した。「もしかして君は、萌美の用心棒か何かなのか」

「用心棒ではないですけど……」

「じゃあ、何だ？　彼氏か」

当然、否定されると思ったが、返ってきたのは予想外の答えだった。

「実は、そうなんです」

「君、萌美とつき合ってるのか」

「はい。もう一年以上になります」

私は口をあんぐりと開け、彼を見返した。

佐藤は、見た目はそう悪くもない。すらっと背は高いし、顔の造作《ぞうさく》も、まあ二枚目の範《はん》疇《ちゅう》に入るだろう。だが肝心の中身はと言えば、空っぽだ。

私はかつて教師をしていたので、若者を見る目には自信がある。断言してもいい。佐藤の知性と教養、常識レベルは小学生並みかそれ以下だ。おまけに相手の気持ちを慮る共感性にも欠けている。要するに、萌美とは釣り合わない男ということだ。

もっとも昨今は、少年のような心を持っている、とか何とか言って、彼みたいな単細胞男を持てはやす傾向もある。しかしまさか、萌美に限って……。

私は極力感情を抑えて言った。「失礼だが、私はこれまで萌美の口から、交際している男性がいるという話を聞いたことがないんだがね」

「恥ずかしかったんじゃないですか。照れ屋だから」

佐藤はしれっと言った。

私が懐疑的な顔をすると、佐藤は、再びスマートフォンを出し、一枚の画像を私に見せた。

「先週、ディズニーランドに行ったときに撮ったやつです。いちばんのお気に入りなんですよ」

それは萌美と彼のツーショットだった。自撮りしたらしく、二人は互いの肩に手をまわし、頬と頬を寄せ合っている。

「今どきの若者なら、ただの友だちでもこれくらいのことはするだろう」

すると佐藤は、頼みもしないのにスマホに入っている萌美の画像を次々と披露した。

画像が切り替わるごとに、彼はつまらない注釈をつけた。やれ、萌美さんがつけているこのピアスは、ぼくがプレゼントしたものだ。やれ、このとき萌美さんが歌った『レット・イット・ゴー』があまりにすばらしくて、ぼくは号泣した、云々《うんぬん》。

佐藤の口調は次第に熱を帯び、自分の言葉に酔っているようにも見えた。

もうたくさんだ。そう言おうとしたとき、画像を選ぶ佐藤の指がぴたりと止まった。彼は私の顔をちらりと見て、視線が合うと、あわてて目をそらし、またスワイプを始めた。

そのやましげな態度が気になった。私に見られたらまずい画像ということか？

佐藤は、私の懸念を察知したかのように、「まあ、こんなところです」と言ってスマートフォンをジーンズのポケットに戻した。

「萌美さん、帰ってきませんね」

取って付けたように、佐藤は話題を変えた。私の関心を、先ほどの画像からそらしたいのだ。

となると、ますます気になった。リベンジポルノという言葉が、一瞬、脳裏をよぎり、背筋が寒くなる。

「やっぱり、ぼくは帰った方がいいですよね」

「よかったら、上がって待つといい」

「え、ホントですか」

さも思いがけない申し出を受けたかのように、佐藤は目を見開いた。

はなからそれを期待していたくせに、調子のいい奴だ。

「お邪魔しまーす」

友だちの家に遊びに来た小学生のように言い、佐藤はごついブーツを脱いだ。

片方の靴下が裏返しになっている。やはり、こんなバカでだらしのない男に萌美が惚《ほ》れるはずがない。あれだけ彼女の写真を撮っている以上、知らぬ仲ではなさそうだが、こうした単純な男は得てして思い込みが激しい。萌美が万人に向ける微笑や気づかいを、自分だけのものと勘違いしているに違いない。

リビングに案内すると、佐藤は室内を見回しながら「素敵なお宅ですね」と言った。

「来るのは初めてかい？」

「はい。萌美さんとは外で会うことが多いので」

バカめ。もし萌美が本気でお前のことを好きなら、一度くらい家に招待するよ。

この家の間取りは一階がリビングにダイニングキッチン、二階が洋室と和室の2ＬＤＫ。特に内装に凝っているわけでもない、どこでも見かける建売の二階家だ。

しかし佐藤は嫌味なほど、「素敵なお宅です」を繰り返した。まんざらお世辞でもないらしく、目がきらきらと輝いている。将来、ここで萌美と暮らすことでも想像しているのかもしれない。

そんな日が来ることはない、身のほどを知れ、と言ってやりたくなったが、それも大人げないので、私は、「ありがとう」と答えておいた。

玄関で話していたときより、佐藤は緊張しているようだった。

「何か飲む？」

と訊くと、彼はとっさにビールと言いかけたが、「いえ、けっこうです」と言い直した。

こんな朝っぱらからビールでは印象が悪いと思ったのだろう。

ソファでくつろぐように言っても、彼は浅く腰かけるだけで、就職面接でも受けているかのように背筋をピンと伸ばしている。

私に気に入られようと懸命なのだ。その気持ちも分からないではない。私も慶子《けいこ》の両親と会うときはいつもそうだった。常に実際以上に自分を大きく、立派な人間に見せようとしたものだ。

慶子の父親は弁護士で、都心の一等地に立つビルに事務所を構え、何人もの弁護士を使いながら有名企業の顧問や社外取締役を務めていた。一人娘をしかるべき弁護士に嫁がせ、将来は事務所を継がせようと考えていた彼は、慶子がしがない公立中学の教師と交際することに猛反対していた。私は慶子にプロポーズしてOKの答えをもらうと、結婚の許しを請うために、彼女の家に日参した。たいていは門前払いされるか、会えたとしても、「娘を嫁にほしいなら、胸に弁護士バッジを付けてから来い」と一方的に怒鳴られるだけだった。私は弁護士になるつもりはなかった。教師の仕事に誇りを感じていたからだ。プロポーズしてから二年後、ようやく結婚の許しをもらえたが、義父の心を変えさせたのは私の熱意ではなく、慶子の妊娠だった。言うまでもなく娘を授かったのは、私と慶子が既成事実を作ろうとして図ったことではない。あくまでも天の配剤だ。

冷蔵庫を開けると発泡酒が一本冷えていたので、私はそれを佐藤に渡した。

「いいんですか?」

「帰るころには酔いもさめるだろ」

佐藤はそれを、私に気に入られた、と解釈したようだった。たちまち相好《そうごう》をくずし、

「お父さんは、飲まないんですか」と訊いてきた。

調子に乗るな。お前に、お父さんなんて呼ばれる筋合いはない。

ドラマでしか聞いたことのないセリフが危うく口から出そうになったが、どうにか腹の中に押し戻した。

落ち着け。まずは穏便に話を進めることだ。包容力のある、物分かりのいい父親のふりをして、彼と萌美が実際はどんな関係なのか、とくと聞きだすのだ。そして万が一、彼が萌美の好ましからぬ画像を持っているなら削除させる。

たとえ彼が嘘をついても私には分かる。カンニングなんかしてません。煙草なんか喫っ

てません。お腹が痛いんで早退させてください。

教員時代、悪ガキどもの嘘をいくつも見破ってきた。私の目は、下手な刑事よりも鋭い。

「君は、この近くに住んでるの？」

「富士見町《ふじみちょう》の交差点にコンビニがありますよね。あの近くです」

「仕事は？」

「役者です」

彼は平然と言った。まるでそれが、ありふれた職業であるかのように。

「もしかして、君も劇団『反吐路』の人？」

「いいえ。ぼくは舞台よりも、テレビとか映画の方ですね」

「何か有名な作品に出たことはあるの？」

「んー、まだ代表作と呼べるものはないです。実はぼく、まだ役者を始めたばかりなんですよ。萌美さんに触覚されて」

「触発、だろ？」

「ああ、そうです。触発。最初はぼくも『反吐路』に入れてもらおうかと思ったんですけど、あそこの芝居って、よく分からないんですよね。公演には何度か行きましたけど、いつも始まって五分で爆睡です。ハハハ」

佐藤は屈託なく笑った。

彼の知力では、理解できぬのも無理はない。

劇団「反吐路」の舞台はかなり前衛的だ。どの作品も、役者たちは最初から最後までウーとかキャーとか、うなったりわめいたりしながら体をくねらせているだけで、ストーリーらしきものはない。コアなファンもいるようだが、客の大半はつき合いでチケットを買わされた劇団員の知人か親族で、みな公演中は寝ているか、あくびをかみ殺しつつ終演を辛抱強く待っている。かくいう私も、舞台を堪能《たんのう》したとは言い難いが、ステージで熱演する萌美を見られるだけで満足だった。

「このS市で暮らしてて、役者なんかできるの？」

「所属は東京のプロダクションで、仕事があるときだけ呼ばれるんですよ。忙しくなったら引っ越すつもりです。将来的には海外進出も考えてます。ハリウッドとか」

佐藤は恥ずかしげもなく言った。聞いている私の方が赤面しそうだった。

まあ夢を持つのは自由だ。好きなだけ語るがいい。

私には、四十歳になった彼が、どこぞの厨房《ちゆうぼう》で皿洗いをしながら、こんなはずではなかったと、ぼやいている姿が目に見えるようだった。

「萌美とは、いつからつき合ってるんだ？」

「一昨年の三月です」

「なれそめは？」

「なれそめ？」

「つき合い始めたきっかけだよ。一昨年の三月なら、萌美はまだ東京で暮らしてた。君もそのころあっちにいたのかい？」

「いえ。成人式で会ったんです」

萌美は二年前、地元S市が主催した成人式に参加している。

「もしかして君ら、同級生なのか」

「はい。S中で、一年から三年までずっと同じクラスでした」

「成人式で声をかけたの？」

「ていうか、目が合った瞬間、ガツンと来たんですよね。彼女の方もそうだったみたいです。このあいだ占ってもらったら、ぼくと萌美さんはソウルメイトで、前世から出会う運命だったらしいです」

冗談としか聞こえなかったが、彼は自分の言葉を信じているようだった。

「ソウルメイトなら、どうして中学時代につき合わなかったんだい？」

皮肉だと気づかないらしく、彼は平然と答えた。「当時から、お互い意識はしてましたよ。よく目が合ったし、夢に何度も彼女が出てきました。でもガキだったから、その気持ちが愛だとは気づかなかったんですよね」

もし今、手元に拳銃があったら、私は銃口を彼に向け躊躇なく引鉄《ひきがね》を引いただろう。

彼の小さな脳みそが白い壁紙に飛び散る様を想像し、私は気を鎮めた。

「あのう、一つお聞きしてもいいですか」佐藤は、言いにくそうに切り出した。

「何だね?」

「萌美さんに、お母さんと二人で暮らしてる、と聞いた覚えがあるんですけど……」

「なのに、なぜ私がここにいるのか疑問なわけだ」

「疑問というか、気になったもので……」

「悪かったね。せっかく、萌美と水入らずで過ごせると思って来てくれたのに、邪魔なオヤジがいて」

「いえ、そんなつもりじゃないんです」佐藤は虫でも追い払うように顔の前で激しく手を振った。「やっぱりお父さんも、萌美さんのことが心配で来たんですか」

「そういうことだ」

「つまり、正式に離婚はされてない、ってことですか」

私はぎろりと彼をにらみすえた。「年長者として一つ忠告しておくよ。他人の家庭の問題には、あまり立ち入らないことだ」

彼は、首をすくめた。「すみません。いかがわしいことを……」

〝さしでがましい〟だ。バカがっ!

日本の離婚率は約三〇パーセント。二分ごとに一組の夫婦が離婚している計算になるという。だが当事者にとって、そうした数字は何の慰めにもならない。どれだけ同類がいようとも、自分の人生に起きたことは、しょせん自分一人で引き受けねばならないからだ。

慶子は悪くない。夫婦関係が壊れた責任は、すべて私にある。それは潔く認めよう。だが、当時、世間に流布《るふ》していた噂のほとんどは事実無根だ。私は断じてハレンチ教師などではない。

風間瑠璃子《かざまるりこ》は教育実習生で、当時二十一歳だった。実習の最初の日、彼女をクラスの生徒に紹介したときのことを、私は今でも覚えている。瑠璃子が現れた瞬間、教室を揺らしたどよめき。思春期を迎えたばかりの男子生徒のぎらついた視線と、女子生徒の嫉妬《しっと》と好奇の入り混じった視線。そしてそれらを一身に浴びながら、はにかんだ笑みを浮かべ教壇に立つ瑠璃子。

言うまでもないが、私に邪な気持ちは微塵《みじん》もなかった。彼女はあくまでも、私が指導を担当した実習生であり、それ以上でも以下でもなかった。しかし瑠璃子の方は違った。

初めて彼女の視線に気づいたとき、私は自分の勘違いだと思った。だってそうだろう。年齢は彼女より一回りも上で、おまけに妻子持ち。三十路を過ぎたころから髪はさみしくなり、胴回りには肉もつき始めていた。私は、お世辞にも見栄えがいいとは言えない中年オヤジで、実際、生徒たちには外見に起因するあだ名をいろいろと付けられてもいた。だがどうやら瑠璃子にはファザコンの気《け》があったようだ。好みのタイプとして四十を過ぎた渋い男優の名を挙げていたし、初老の大学教授と道ならぬ恋の一歩手前まで行ったことを、酔った勢いでほのめかしたこともある。

私に家庭があることは、当然、彼女も知っていた。だが、あふれる思いを抑えることができないようだった。私も、そんな彼女をむげに拒絶するのも忍びなく、放課後に二人で食事をしたり、休日に美術館に行くぐらいのことはした。誓ってもいいが、一線は越えていない。ただ、浮ついた気持ちがまったくなかったと言えば嘘になる。何しろ瑠璃子は、K大の準ミスキャンパス、道行く男たちが振り返るほどの美人だった。

今さら後悔しても遅いが、彼女が教育実習を終えたときが関係を断つチャンスだった。しかし私たちは、ずるずると連絡を取り合っていた。やがて二人のことは中学校の知るところとなり、いつしか噂は生徒やPTAの間にも広まっていた。しかもその噂は、私が立場を利用して瑠璃子に関係を迫った、というものだった。さらにショックだったのは、瑠璃子までがそれを否定しなかったことだ。私の弁解に耳を貸す者はいなかった。無理もない。準ミスの女子大生が、さえない中年教師に惚れたなんて話、誰が信じる？

私は教職を追われた。そして、ほぼ時を同じくして、もっと大事なものを失った。ある日、家に帰ると、妻と娘の姿がなかったのだ。リビングのテーブルの上には、妻の短い手紙と、署名入りの離婚届が置かれていた。

——もう無理です。さようなら。

私は妻と話し合おうとした。しかし、会うことすらできなかった。慶子の父親がそれを阻《はば》んだからだ。

弁護士である義父は、私を事務所に呼びつけると、耳慣れぬ法律用語を駆使し、今後、私がすべきこと、してはならないことを一方的にまくし立てた。

何か質問はあるか？　親権だと？　フン、寝言を言うな。このハレンチ教師が！　子供に会いたい？　ならば私の指示に従え。

私は、ただ娘の顔が見たい一心で、義父に言われるまま、ろくに読みもせずに何枚もの書類にサインした。すべてが終わったとき、私の手元に残ったのは、着替えの詰まったボストンバッグ一つと家のローンだけだった。


「よく撮れてますね。これ」

佐藤は壁の前に立ち、そこに掛けられたフォトフレームを見ていた。中には、振袖を着た萌美の写真が入っている。成人式のときに写したものだ。

「和服姿の彼女、初めて見ましたよ」

初めて？　彼は私に、萌美とは成人式で再会し、それがきっかけでつき合い始めたと言ったはずだ。

「君も成人式に行ったんだろ？」

佐藤は一瞬、しまったという顔をした後、とりつくろうように、「ああ、そうでした。成人式のときには、彼女、和服だったんだ。俺、何言ってんだろ」と笑った。

しかしその笑顔は、明らかに造り物だった。視線は落ち着かず、瞬《まばた》きの回数も目に見えて増えている。

私は心に抱いた疑念を隠し、「成人式の後の同窓会は、盛り上がったらしいね」と訊いた。

「はい。盛り上がりました」

「会場はどこだったの？」

「えーと、たしか……」

「萌美は、イタリアンレストランを貸し切りにしたとか、言ってたような気がしたけど」

「そうです。イタリアンでした」

引っかかったな。愚か者め。同窓会の会場はイタリアンじゃない。S駅前にあるホテルのバンケットルームだ。萌美のインスタを見てみろ。そのときの様子がアップされてるよ。

佐藤は、私の視線を避けるように再び壁の写真に顔を向けた。

「いやー、本当にきれいだなー。成人式のときのこと、思い出しますよ」

まるで感情がこもっていない。そんな演技力じゃ、ハリウッド進出どころか保育園の学芸会でも役はもらえないぞ。

「晴れ着の写真は、他にもあったはずだ。見るかい？」

私が親しげに言ったので、危機を乗り切ったと思ったのだろう。佐藤はパッと表情を明るくさせ、ぜひ見せてくださいと答えた。

私は彼をリビングに残し、二階の萌美の部屋へ行った。本棚には、小、中、高の卒業アルバム三冊が並んでいる。

佐藤は中学時代、三年間、萌美と同じクラスだったと言った。私は、中学校の卒業アルバムを手に取り、萌美のクラスのページを開いた。案の定、佐藤という名の生徒はいなかった。念のために他のクラスも見てみたが、佐藤姓は全部で三人、いずれも女子だった。

今にして思えば、玄関で名前を尋ねたとき、彼は一瞬、口ごもった気もする。とっさに思いついた苗字が、佐藤だったのだろう。

奴はいったい何者だ？　いずれにせよ何かやましいことがなければ、偽名なんか使うはずがない。

ピー、ピー、ピー。頭の中で警戒アラームが鳴り始めた。

この卒業アルバムを動かぬ証拠として突きつけ、追い払ってやろうかと思ったが、すぐに考え直した。

その前に、彼のスマホに入っている萌美の画像を確認しなければならない。逆ギレした彼が、腹いせにネットに流しでもしたら取り返しのつかないことになる。

私は一計を案じ、アルバムを持たずにリビングに戻った。

佐藤——いや、そう自称する男——は、まだ萌美の晴れ着写真を見つめていた。

「悪いな。晴れ着の写真は他にもあったんだが、どこかにしまい込んだらしくて見つからなかった。その写真がそんなに気にいったなら、プリントしてあげようか」

「いいんですか」

「ああ、お安い御用さ。そうだ。君のスマホに入っている萌美の写真もコピーさせてくれないか。家内にも見せてやりたいし」

「いいですよ」

佐藤はジーンズのポケットからスマートフォンを引き出した。

「パソコンに取り込んでくるから、ちょっと貸してもらえるかな」私が手を出すと、彼は気まずげな顔で言った。「すみません。全部は、ちょっと……」

「どうして？　もしかしてエッチな画像でも入ってるのか」私はニヤリと笑った。「気にするなよ。男同士じゃないか」

「いえ。そういうことじゃないんです」

「じゃあ、何で？」

「萌美さん以外の画像もたくさん入ってるんですよ。今度、萌美さんの画像だけクラウドにアップしておきますから、そこからお父さんが好きなのを落としてください」

「私はそういうのに疎くてね。使ったことがないんだ」

「でしたら、USBメモリーに入れて持ってきます」

「そんな手間をかけさせちゃ悪いだろ」

「全然、かまいませんよ」

佐藤はそう言って、もうこの話は終わりだ、とばかりにスマートフォンをポケットに戻してしまった。

私がさらに食い下がろうとすると、佐藤はそれを察知したかのように、「トイレをお借りしてもいいですか」と言った。

「廊下の突き当たり。右側のドアだ」

私は、部屋を出ていく佐藤の後ろ姿をにらみつけた。

どうあっても見せたくないようだな。となると、ますます怪しい。うまく逃げたつもりだろうが、そうはいかないぞ。

ソファの上に彼のデイパックがあった。トイレのドアが閉まる音を聞いてから、中身を確認しようと手に取ると、ガチャッと金属音がし、妙に重たい。

ファスナーを開けて中をのぞいた瞬間、私は息を呑んだ。手錠、ロープ、伸縮式の特殊警棒、スタンガン、そして、刃渡り二〇センチほどもあるサバイバルナイフ。

ビー、ビー、ビー、ビー。頭の中で、また警戒アラームが鳴りだした。先ほど卒業アルバムを見たときとは比べ物にならないくらい、けたたましい音だった。

すぐに対処しろ。でないと、また同じ過ちを繰り返すことになるぞ。

過去の光景が目の前によみがえり、私は怖気をふるった。

どかどかと部屋に踏み込んでくる男たち。飛び交う怒号。警察だ。その場から一歩も動くなっ。パソコンに手を触れるなっ。おい、こらっ。携帯電話を置けっ。

立ちすくむ私の鼻先に、いかつい顔をした初老の男が一枚の紙を突きつけた。

「お前が店長だな。風営法違反、無許可営業の容疑で家宅捜索する」

私は教師を辞めた後、とある老人福祉施設に職を得た。だがそこからもらえる給料だけでは住宅ローンと養育費が賄えず、夜に派遣型風俗店でアルバイトをしていた。あるとき風俗店のオーナーに、店長にならないかと声をかけられた。連日のダブルワークで疲労困《こん》憊《ぱい》し、正常な判断能力を失っていた私は、提示された給料につられて引き受けてしまった。

警察が取り締まりを強化しているという噂が聞こえてきたのは、店長になって半年ほど経ったころだ。実際、近隣の違法風俗店が何軒か手入れを食らっていた。にもかかわらず私は何もしなかった。うちの店は大丈夫。心配ない。根拠はないがそう思っていた。危機が目前に迫っていると知りながら、あえて過小評価することで安心する、正常性バイアスというやつだ。

あの時と同じミスは許されない。なにしろ今度は、萌美の命がかかっているのだ。

トイレで水を流す音がしたので、私はあわててデイパックのファスナーを閉め、元の場所に置いた。

リビングに戻ってきた佐藤は、何をするでもなく立っている私に、「どうかしたんですか」と訊いてきた。

「いや、別に……」

笑おうとしたが、上手くいかなかった。佐藤は何か察したのか、私の顔から目を離そうとしない。

落ち着け。体格のいい彼と取っ組み合いになったら、まず私に勝ち目はない。でも何か方策はあるはずだ。

不思議と怖くはなかった。むしろ、安堵する気持ちの方が大きかった。もし私がいなければ、萌美はこの変態野郎と二人きりになるところだったのだ。

そのとき電話が鳴った。固定電話への着信だった。私はリビングの親機ではなく、キッチンにある子機を取った。少しでも佐藤と距離を置こうとしたのだが、彼は私の後ろにぴたりとついてきた。

「もしもし。南条《なんじょう》さんでしょうか」

「そうです」

「朝早くからすみません。私、S署、生活安全課の藤岡《ふじおか》と申します。何か変わったことはありませんか」

「いいえ。別に」

「たった今、警視庁から当署に連絡がありまして、五十嵐《いがらし》が昨夜、アパートに戻っていないそうです。念のために戸締りは厳重にして、もし何か不審なことがあったらすぐに一一〇番してください。ご自宅の周辺は、普段以上に厳重にパトロールするように担当の部署に伝えておきましたから」

壁に向かって話す私の背後で、佐藤はじっと聞き耳を立てている。警察からだと悟られぬよう、私は受話器を耳に強く押し当てた。

「緊急通報装置は、数日中に設置にうかがいます。そのときは事前にご連絡しますので」

「よろしくお願いします」

「では失礼します」

子機を置くと、待っていたように佐藤が訊いた。「萌美さんですか」

「いや。私の勤め先からだ」

「お忙しいなら、お仕事に行ってください。ぼくが留守番してますから」

「ありがとう。君の方こそ用事はないの？」

「全然、大丈夫です」

私は時計を見た。午前六時二十五分。

ればならない。

萌美は今、どの辺りにいるだろうか。彼女が帰ってくる前に、この男をどうにかしなけ
私はキッチンにあった包丁をつかむと、佐藤に突きつけた。「手を上げろ」

佐藤は口をぽかんと開け、私を見ている。

「手を上げろって言ってんだよっ」

佐藤は白い歯を見せた。「何ですか、これ。もしかして、ドッキリ？」

「黙って指示に従え。刺すぞっ」

私は包丁の切っ先をさらに前に出した。

ようやく冗談ではないと気づいたらしく、彼は両手を上げた。

「そのままリビングに行け」

佐藤は後退しながらキッチンを出た。私も一定の距離を保ちながらついていく。

「そこに、俯せに寝ろっ！」

「何でこんなことするんですか」

と抗議しつつも、佐藤は指示に従い、体を横たえた。

「変なまねしたら、本当に刺すからな」

私はソファにあった佐藤のデイパックを取り、逆さにして振った。ナイフに手錠、ロー
プ、スタンガン、特殊警棒が音を立てて床に落ちた。

「お父さん、誤解です。それは萌美さんを守るために――」

「黙れっ。手を後ろに回せ」

彼が背中に回した腕に手錠をかけ、足首もロープで縛った。これで動きは封じたことになる。

「お前、佐藤じゃないだろ」

「佐藤です」

「嘘をつけっ」私は彼の顔に包丁を近づけた。「萌美の卒業アルバムを見たんだよ。佐藤なんて男はいなかった」

「佐藤ですっ」

彼が、あくまでも佐藤だと言い張ったので、私は仕方なくスタンガンを使用した。彼は最初の一撃は耐えたが、二度目で屈服し、本名を白状した。だが私が本当に知りたいのは、彼が偽名を使った理由だ。それをしゃべらせるためには、あと二回、スタンガンを使う必要があった。

彼が涙ながらに語ったところによれば、本名を名乗らなかったのは萌美の指示だった。中学時代、手が付けられない不良だった彼の悪名は、S市全域に轟《とどろ》いていた。そのため萌美から、私の親にはぜったいに本名を言うな、と厳命されていたのだという。

「見てください。ぼくは卒業アルバムにもちゃんと載ってますっ」

あらためてアルバムを確認してみると、たしかに彼はいた。中学時代の彼は、輪郭がふっくらとし、髪も金髪で今とはかなり雰囲気が違っている。

「同窓会で再会したって話も嘘だな」

「本当です」

太ももにスタンガンを当てる。ビリビリ。うぁあああ！

彼はしゃくり上げながら言った。「成人式には行ってません。俺、十八のときから少年刑務所に入ってて、娑婆《しゃば》にいなかったんです」

「じゃあ、萌美とはどこで再会したんだ」

「勘弁してください。しゃべったら、萌美に殺されます」

ビリビリビリビリビリ。うぁあああああああ！

「デリヘルです。少刑を出た後、東京に遊びに行ったときにデリヘルを呼んだら、萌美が来たんです」

「どうして嘘をついた」

「だって、萌美に口止めされてたし……、お父さんに、そんなこと言えるわけないじゃないですかっ！」

私は、彼の足から臭い靴下を脱がせ、丸めて口に押し込んだ。そして、腕や足、首筋、手当たり次第にスタンガンを押し当てた。彼はくぐもった声で悲鳴を上げながら、床をのたうち回った。

「君にお父さんなんて呼ばれる筋合いはない」

ずっと言いたかったセリフを、私はようやく口にした。彼の耳には届いていないようだったが。

よくよく考えてみれば、彼を責めるのは酷なのかもしれない。偽名を使ったのも、デリヘルで出会ったことを言わなかったのも、萌美の指示なのだから。でも私は、彼に制裁を与え続けた。彼みたいな調子のいいタイプが、生理的に合わないのだ。

彼がしきりに何か訴えていたので、口から靴下を抜いてやった。

「萌美さんに、デリヘルを辞めるように言ったのは俺です。信じてください。俺が足を洗わせたんです」

「恩着せがましいことを言うな。ただ萌美を独り占めしたかっただけだろう」

「違いますよっ。そのデリヘルの店長ってのがヤバい奴で、萌美のこと追いかけまわしてたんです。彼女、すげー困ってたから、俺が匿ってやったんですよ。だから俺は、彼女の恩人なんです。ホントです。彼女に訊いてもらえれば分かりま――」

私は、サバイバルナイフをつかんで彼の腹に突き刺した。彼は目を大きく見開き、何で？　という顔で私を見た。ナイフを九十度ひねって抜くと、傷口から血が勢いよくあふれ出した。

ああ、そうそう、大事なことを忘れていた。彼が私に見せようとしなかった画像を確認しておかねばならない。

佐藤のスマートフォンにかけられていたロックは、床でのたうち回る彼の顔にカメラのレンズを向けて解除した。もだえ苦しむ持ち主を見ても、スマートフォンはどこ吹く風だ。人工知能と言ってもしょせんは機械。薄情なものだな。

さて、問題の画像だが、佐藤と萌美のツーショットで、二人はベッドの上で体を寄せ合い、カメラに向かってVサインをしている。彼は全裸、萌美はセーラー服姿だった。その安っぽいセーラー服には見覚えがある。デリヘル嬢の衣装オプション用として、私がディスカウントショップで調達したものだ。

危ないところだった。こんな画像をネットに流されたら、萌美の女優としての将来は、完全に閉ざされていただろう。

女優、南条萌美のいちばんのファンであり理解者。私がそう自任するようになったのは、デリヘル店の店長をしていたときだ。当時の萌美は、指名ナンバーワンの売れっ子でそれなりに稼ぎはあった。だが大半を演劇活動につぎ込んでいたために生活は常に苦しく、住まいは四畳半一間の風呂なしアパート、食事は一日一食、服もあまり持っておらず、店の女の子にお下がりをもらっていた。私はそんな彼女に同情し、ある日、店の近くの定食屋で食事をごちそうした。すると萌美は、お礼にと言って「反吐路」のチケットを一枚くれた。その公演があった翌日、彼女に感想を訊かれた私は、感動した、心が震えたよ、と答えた。そのとき萌美が見せた輝くような笑顔は、今も私の目に焼き付いている。それをきっかけに、私は「反吐路」の公演には欠かさず足を運ぶようになった。チケットの販売にも協力し、萌美が劇団から割り当てられた分は、すべて私が引き受けた。公演のためにバイトができないときは、生活費の面倒も見た。もちろん見返りなんか求めたことはない。夢に向かってひた走る彼女の伴走者になれたことで、私はじゅうぶんに満たされていたからだ。

しかし萌美は、私の前から突然、姿を消した。店には出勤しなくなり、アパートを引き払い、劇団も辞めていた。男と同棲している、との噂を耳にしたが、私は信じなかった。恋愛より芝居、が彼女の口癖だったからだ。警察に相談しても取り合ってはくれなかった。それどころか、彼女に近づくな、と私に命じる始末だった。

昨日、私は手がかりを求めて、S市にある萌美の実家を訪ねた。

萌美さんはいますか？　おたく、どなた？　五十嵐と申します。娘は、もうあなたには会いません。お帰りください。お嬢さんと少し話がしたいんです。帰りなさい。警察を呼びますよっ。

母親は、まるで取り付く島がなかった。萌美はよく、うちの親は演劇活動に理解がないと嘆いていた。さしずめこの母親が、萌美を強引に実家に連れ戻したのだろう。娘の夢を奪うなんて、どうしようもない親だ。

私はそのまま萌美の実家で、彼女の帰りを待つことにした。すると、くしくも佐藤——本名は何ていったかな？　聞いたが忘れてしまった——がやってきた。まさか、こんなバカが、裏で萌美をそそのかしていたなんて……。まあ、いい。飛んで火に入る夏の虫とはこのことだ。萌美の夢を阻む者は、誰であれ、この私が許さない。


ふと気づくと、佐藤が静かになっていた。血だまりの中に横たわり、ピクリとも動かない。まぶたは半開きで目には生気がなかった。

私はキッチンに行き、床下収納のふたを開けた。そこには萌美の母親が、胎児のように体を丸めて収まっている。大柄な佐藤の入る余地はなさそうだ。私はラグマットで彼を包み、風呂場まで引きずっていった。それからリビングの床と廊下の血痕をきれいに拭き取った。

時刻は午前七時二十八分。萌美はまだ戻らない。

母親も、佐藤もいなくなった。これからは心置きなく芝居に専念できるよ。

萌美の喜ぶ顔が、目に浮かんだ。

解説

千街晶之《せんがいあきゆき》（ミステリ評論家）

現実にいたら迷惑極まりないけれどもフィクションの中では途端に魅力的な存在となるのが悪人だが、中でもミステリは犯罪を扱うことが多いジャンルなので、当然のように悪人の登場率が高くなる。

近年の国内ミステリに限定しても、登場人物の大部分が悪人である作例として、染井為人《そめいためひと》の『悪い夏』（二〇一七年）、若竹七海《わかたけななみ》の『殺人鬼がもう一人』（二〇一九年）、深木章子《みきあきこ》の『極上の罠をあなたに』（二〇一九年。文庫化の際に増補して『罠』と改題）、佐藤究《さとうきわむ》の『テスカトリポカ』（二〇二一年）などが思い浮かぶが、このリストに欠かせない作品をもう一冊追加しよう。それが本書——曽根圭介の『腸詰小僧　曽根圭介短編集』（二〇一九年、光文社刊）である。

著者は一九六七年、静岡県生まれ。二〇〇七年、「鼻」で第十四回日本ホラー小説大賞短編賞を受賞、しかも同年には『沈底魚』で第五十三回江戸川乱歩賞も受賞するという輝かしい作家デビューを果たした。二〇〇九年には、「熱帯夜」で第六十二回日本推理作家協会賞の短編部門を受賞している。

　この経歴からもわかるように長篇・短篇の両方で実力を発揮している書き手だが、ノン・シリーズ短篇七作から成る本書は、著者の短篇巧者ぶりを存分に堪能できる一冊だ。収録作の初出は以下の通り。

「腸詰小僧」《宝石　ザ　ミステリー2》（二〇一二年十二月）
「解決屋」《宝石　ザ　ミステリー2014冬》（二〇一四年十二月）
「父の手法」《ジャーロ》63号（二〇一八年三月）
「天誅」《小説宝石》二〇〇八年八月号
「成敗」《ジャーロ》65号（二〇一八年九月）
「母の務め」《ジャーロ》66号（二〇一八年十二月）
「留守番」《宝石　ザ　ミステリー　Red》（二〇一六年八月）

　こういう短篇集の場合、本来は各篇の内容に踏み込んで紹介するのは野暮の極みだろうが、巻頭に置かれた表題作ということもあって、本書を代表する作品として「腸詰小僧」の内容にちょっと言及することにしたい。

　フリーライターの西嶋《にしじま》は、小学六年生だった九年前に猟奇的な殺人事件を起こした〝腸詰小僧〟の独占インタビューに成功する。ところが、その記事を読んだ被害者遺族が、社会復帰した〝腸詰小僧〟が今どうしているかを知ろうと接触してきた……。

「腸詰小僧」というタイトルから、夢野久作《ゆめのきゅうさく》の「人間腸詰」（一九三六年）や高橋葉介《たかはしようすけ》の漫画「腸詰工場の少女」（一九八二年）あたりを思い出し、グロテスクな内容を予想する読者も多い筈だ。早い話、「腸詰」という単語がタイトルにつけば、その材料は人肉と相場が決まっているのであり、「腸詰小僧」もその例に洩れない。しかし、この作品が異色なのは、九年前の事件そのものは物語の出発点に過ぎない点である。従って、猟奇を期待する読者は、全く予想もしない方向へと引っぱられてゆく。その話の転がし方は名人芸と呼ぶに相応《ふさわ》しい。

この短篇が特に秀逸なのは、あっけらかんとした最後の一段落だ。犠牲者に対しての感慨はそれだけか——と言いたくなるが、目的を果たすためなら手段を選ばず、他人を利用することなど何とも思わない点は、他の収録作の登場人物も同様だ。その意味で、確かに本書は「悪人」ばかりの物語である。問題は、一目見てわかりやすい「悪人」が殆ど出てこない点だ。

「腸詰小僧」の西嶋は、少なくとも物語が始まった時点では良心も野心も人並みの小市民だが、他の収録作の主人公たちも大体はそうだ（「成敗」の「ぼく」や「留守番」の「私」あたりはちょっと危ういけれども）。「父の手法」の渋沢里江子《しぶさわりえこ》は介護付き老人ホームで働きはじめたばかりの女性、「天誅」の「ボク」はクラスメイトを救おうと懸命な少年である。「母の務め」の田丸美千代《たまるみちよ》の場合、夫は末期癌、息子はある事件を起こし死刑囚として収監中、その事件のせいで婚約を破棄された娘は行方不明……という状態なので、境遇は特殊と言えるけれども、決して本人が変わった人間というわけではない。私は本書の単行本版の帯に、「本書の登場人物たちは悪人揃い。だからこそ、彼らが知恵を絞った騙し合いが盛り上がる！」という推薦文を寄せたけれども、見かけだけなら「悪人」のイメージから遠い主人公が多いのである。

唯一、「解決屋」のスズキはかなり特殊と言えるだろう。そもそも彼が属している探偵事務所自体が些か風変わりで、依頼者の相談内容の大半がＤＶかストーカー問題なのだが、その中で「完全解決」の契約が成立するとスズキの出番になり、手段を選ばず事態に決着をつける。登場した時点でわかりやすい闇を感じさせる主人公は、本書では彼だけなのである。

ただし、傍目にはいかに常軌を逸していようとも、スズキの中には彼なりの倫理がある。だが、その倫理というのが曲者で、社会では絶対に通用するわけがない代物だ。その点では、小市民的な倫理観から「悪人」へのボーダーラインをいつの間にか超えている他の作品の登場人物たちと変わらない。

あっけらかんとしたボーダーラインの越境ぶりだけでなくミステリ的な完成度において

も、収録作の中で個人的に白眉と評価したいのが「母の務め」である。主人公の田丸美千代が特殊な境遇にあることは既に記したが、本作にはもうひとりの視点人物が登場し、美千代の知らないところでそちらの物語が進行してゆく。そして、二つの物語が交錯した時、読者はこの短篇をもう一度最初から読み返したくなる筈だ。

複数の視点で話を進め、それらが交錯した時に意外な真実を浮上させる技巧は、著者にとって十八番《おはこ》である。日本ホラー小説大賞短編賞受賞作の「鼻」からして、人間が「テング」と「ブタ」に二分された社会において迫害されたテングを救おうとする外科医と、自分の体臭に過度に敏感な暴力刑事という、一見完全に無関係な二人の主人公の物語が、ラストでおぞましい真相へと結実する作品だった。

著者の作品系列のうち、『沈底魚』や『工作名カサンドラ』（二〇一五年）のような国際的な謀略を扱ったものを仮に右端に置き、本書のような小市民や小悪党の騙し合いを描いたものを左端に置くとするなら、他の作品は両者のグラデーションのどこかに配置されることになる。例えば『TATSUMAKI　特命捜査対策室7係』（二〇一四年）はタイトルから窺えるように警察小説ではあるものの、主人公は頼りない新人刑事、他の刑事たちもヒーローとは程遠く、事件関係者も小悪党ばかりという点ではこのグラデーションの左寄りと言える。一方で、冤罪テーマを扱ったシリアスで重厚な『本ボシ』（二〇〇九年。『図地反転』を文庫化の際に改題）は右寄りと言えるだろう。

それらの中でも左端に近い——つまり、最も本書に近いのは、二〇二〇年に韓国で映画化された『藁《わら》にもすがる獣たち』（二〇一一年）である。大金が入ったバッグの存在を知ってしまったサウナの従業員、デリヘルで知り合った男からDV夫の殺害を持ちかけられた主婦、暴力団に多額の借金がある悪徳刑事……という三人の主人公が、それぞれ窮地に追いつめられ、そこから脱出しようとあがく物語であり、作中の人間関係に思いがけない罠が仕掛けられたどんでん返し小説でもある。

連作『暗殺競売《オークション》』（二〇一三年。『殺し屋.com』を文庫化の際に改題）は、主人公が殺し屋ばかりという設定を見る限りでは、小市民的主人公が多い本書とはかけ離れているように思える。しかし、殺し屋たちの内面は家族思いだったり平穏な生活を望んでいたりと、本書の主人公たちと本質的には大差ない。

そのような人物たちが、本書では七篇七様のエゴイスティックな所業を繰り広げる。しかも、脇役たちも大部分は悪人であり、そもそもまともな人物がいるのかどうかもわからないので、読んでいて誰も信じられなくなる。ここまでドライな悪人ばかりだと、彼らの所業がむしろ痛快に感じられるほどだ。

著者は本書の成り立ちを語ったエッセイ「変身願望」（《小説宝石》二〇一九年九月号）で、かつて女装趣味にはまったバイト先の同僚から「四十年以上も俺をやってると、俺でいることに飽きてくるんだよ」と心境を打ち明けられた思い出を記した後に、「私は小説を書いているとき、登場人物が自分の性格と違えば違うほど筆が進む。おそらく私は、書くことで変身願望を昇華させていたのだ。ことに短編は、長編では主人公になりえないロクデナシや変態キャラを語り手にできるのですこぶる楽しい。自他ともに認める怠け者の私だが、短編に取りかかっているときだけは寝食を忘れるほどだ」と述べている。著者の場合、実際には「変態キャラ」はともかく「ロクデナシ」を長篇の主人公に選ぶ場合もあるのだが（『藁にもすがる獣たち』のように）、それはそれとして、著者の小説におけるどんでん返しの原理は、主人公の主観に映る世界と客観的な世界とのズレに基づいていることが多い。そのような小説作法の場合、主観が歪みきった人間の視点だけで長篇一本を保たせるのは至難の業であり、短篇に向いているのは明らかだ。代表作の「鼻」にせよ「熱帯夜」にせよ、そんな著者の技巧が冴えわたる逸品である。「天誅」のある登場人物の「視点を変えてみろ。そうすると、まるで違った景色が見えることもある」という台詞は、本書に限らず、著者の殆どの作品に通用する「読者への挑戦状」なのかも知れない。

こうして著者の作品群を振り返るなら、小市民性と地続きの悪人たち、主観と客観の落差、それを利用した構成のトリック——といった著者の作風の特色が本書に凝縮されていることが見えてくる。副題に敢えて「曽根圭介短編集」と著者名を入れていることが象徴するように、曽根圭介の作品からベストを選ぶならこれ、と言っても過言ではない一冊である。

初出

腸詰小僧　「宝石　ザ　ミステリー2」（二〇一二年一二月）
解決屋　「宝石　ザ　ミステリー2014冬」（二〇一四年一二月）
父の手法　「ジャーロ」63号（二〇一八年三月）
天誅　「小説宝石」二〇〇八年八月号
成敗　「ジャーロ」65号（二〇一八年九月）
母の務め　「ジャーロ」66号（二〇一八年一二月）
留守番　「宝石　ザ　ミステリー　Red」（二〇一六年八月）

単行本

二〇一九年八月　光文社刊

光文社文庫

腸詰《ちょうづめ》小僧《こぞう》 曽根《そね》圭介《けいすけ》短編集《たんぺんしゅう》

著 者 曽《そ》 根《ね》 圭《けい》 介《すけ》

2022年 8 月20日 初版 1 刷発行

発行者 鈴 木 広 和
印 刷 堀 内 印 刷
製 本 ナショナル製本

発行所 株式会社 光 文 社
〒112-8011 東京都文京区音羽1-16-6
電話 (03)5395-8149 編 集 部
8116 書籍販売部
8125 業 務 部

ISBN978-4-334-79398-2 Printed in Japan

組版 萩原印刷

光文社文庫　好評既刊

神のダイスを見上げて　知念実希人
娘に語る祖国　つかこうへい
或るエジプト十字架の謎　柄刀　一
槐　月村了衛
インソムニア　辻　寛之
エーテル5・0　辻　寛之
ブラックリスト　辻　寛之
レッドデータ　辻　寛之
焼跡の二十面相　辻　真先
サクラ咲く　辻村深月
クローバーナイト　辻村深月
みちづれはいても、ひとり　寺地はるな
正しい愛と理想の息子　寺地はるな
逢う時は死人　天藤　真
アンチェルの蝶　遠田潤子
雪の鉄樹　遠田潤子
オブリヴィオン　遠田潤子

廃墟の白墨　遠田潤子
駅に泊まろう！　豊田　巧
駅に泊まろう！　コテージひらふの早春物語　豊田　巧
駅に泊まろう！　コテージひらふの短い夏　豊田　巧
駅に泊まろう！　コテージひらふの雪師走　豊田　巧
隠蔽人類　鳥飼否宇
逃げる　永井するみ
にらみ　長岡弘樹
ニュータウンクロニクル　中澤日菜子
月夜に溺れる　長沢　樹
万次郎茶屋　中島たい子
ぼくは落ち着きがない　長嶋　有
霧島から来た刑事　永瀬隼介
海の上の美容室　仲野ワタリ
SCIS　科学犯罪捜査班　中村　啓
SCIS　科学犯罪捜査班Ⅱ　中村　啓
SCIS　科学犯罪捜査班Ⅲ　中村　啓

光文社文庫　好評既刊

つばさ111号の殺人　西村京太郎
知多半島殺人事件　西村京太郎
富士急行の女性客　西村京太郎
京都嵐電殺人事件　西村京太郎
十津川警部　帰郷・会津若松　西村京太郎
特急ワイドビューひだに乗り損ねた男　西村京太郎
祭りの果て、郡上八幡　西村京太郎
十津川警部　姫路・千姫殺人事件　西村京太郎
風の殺意・おわら風の盆　西村京太郎
マンション殺人　西村京太郎
十津川警部「荒城の月」殺人事件　西村京太郎
新・東京駅殺人事件　西村京太郎
祭ジャック・京都祇園祭　西村京太郎
消えた乗組員　新装版　西村京太郎
十津川警部「悪夢」通勤快速の罠　西村京太郎
「ななつ星」一〇〇五番目の乗客　西村京太郎
消えたタンカー　新装版　西村京太郎

十津川警部　幻想の信州上田　西村京太郎
十津川警部　金沢・絢爛たる殺人　西村京太郎
飛鳥Ⅱ　SOS　西村京太郎
十津川警部　トリアージ　生死を分けた石見銀山　西村京太郎
リゾートしらかみの犯罪　西村京太郎
十津川警部　西伊豆変死事件　西村京太郎
十津川警部　君は、あのSLを見たか　西村京太郎
能登花嫁列車殺人事件　西村京太郎
十津川警部　箱根バイパスの罠　西村京太郎
十津川警部　猫と死体はタンゴ鉄道に乗って　西村京太郎
飯田線・愛と殺人と　西村京太郎
レジまでの推理　似鳥鶏
100億人のヨリコさん　似鳥鶏
難事件カフェ　似鳥鶏
難事件カフェ2　似鳥鶏
雪の炎　新田次郎
悪意の迷路　日本推理作家協会編